W0331518

Hermann Hesse, am 2. Juli 1877 in Calw/Württemberg als Sohn eines baltendeutschen Missionars und der Tochter eines schwäbischen Indologen geboren, 1946 ausgezeichnet mit dem Nobelpreis für Literatur, starb am 9. August 1962 in Montagnola bei Lugano.

Sowohl in der Erzählung »Kinderseele« (1918) als auch in der 30 Jahre später entstandenen Erinnerung »Der Bettler« greift Hesse zurück auf Kindheitserlebnisse mit einem Vater, dessen musterhafte Lebensführung das Unregelmäßige geradezu herausfordert und anzieht. In einem Konflikt zwischen Ehrfurcht und Auflehnung gegen eine Autorität, die »nie im Unrecht war«, verwickelt sich der Sohn wie unter hypnotischem Zwang »in eine Tat, die er gar nicht wollte«. Selten sind die dämonischen Antriebe eines hellwachen Gewissens, das als Unrecht Erkannte dennoch zu tun, so gründlich durchleuchtet worden wie in der Erzählung »Kinderseele«. »Diese Erzählung ist großartig und ihre Psychologie von äußerster Subtilität«, urteilte Alexander Mitscherlich.

In der 1903 in Basel spielenden Geschichte »Der Bettler« ist der Erzähler sechs Jahre alt und erlebt die rätselhafte Konfrontation der Ordnung mit dem Unvorhersehbaren fast nur als Beobachter. »Kinderseele« dagegen verarbeitet ein Erlebnis, das sich am 11. November 1899 in Calw zugetragen hat. Hesse war damals doppelt so alt und steht im Mittelpunkt einer bereits bewußten Kraftprobe mit seinem Vater. Die topographische ebenso wie die psychologische Präsenz des später Geschilderten, die sein Gedächtnis über Jahrzehnte hinweg unauslöschlich in allen Einzelheiten bewahrt hat, verrät, wie einschneidend diese Erlebnisse gewesen sein müssen.

insel taschenbuch 2381

Hermann Hesse

Kinderseele

Hermann Hesse

Kinderseele
und
Der Bettler

Zwei Erzählungen

Insel Verlag

insel taschenbuch 2381
Erste Auflage 1998
Insel Verlag Frankfurt am Main und Leipzig
Alle Rechte vorbehalten durch den
Suhrkamp Verlag Frankfurt am Main
Hinweise zu dieser Ausgabe am Schluß des Bandes
Vertrieb durch den Suhrkamp Taschenbuch Verlag
Umschlag nach Entwürfen von Willy Fleckhaus
Druck: Wagner GmbH, Nördlingen
Printed in Germany

1 2 3 4 5 6 – 03 02 01 00 99 98

Kinderseele

Manchmal handeln wir, gehen aus und ein, tun dies und das, und es ist alles leicht, unbeschwert und gleichsam unverbindlich, es könnte scheinbar alles auch anders sein. Und manchmal, zu anderen Stunden, könnte nichts anders sein, ist nichts unverbindlich und leicht, und jeder Atemzug, den wir tun, ist von Gewalten bestimmt und schwer von Schicksal.

Die Taten unseres Lebens, die wir die guten nennen und von denen zu erzählen uns leicht fällt, sind fast alle von jener ersten, »leichten« Art, und wir vergessen sie leicht. Andere Taten, von denen zu sprechen uns Mühe macht, vergessen wir nie mehr, sie sind gewissermaßen mehr unser als andere, und ihre Schatten fallen lang über alle Tage unseres Lebens.

Unser Vaterhaus, das groß und hell an einer hellen Straße lag, betrat man durch ein hohes Tor, und sogleich war man von Kühle, Dämmerung und steinern feuchter Luft umfangen. Eine hohe, düstere Halle nahm einen schweigsam auf, der Boden von roten Sandsteinfliesen führte leicht ansteigend gegen die Treppe, deren Beginn zuhinterst tief im Halbdunkel lag. Viele tausend Male bin ich durch dies hohe Tor eingegangen, und niemals hatte ich acht auf Tor und Flur, Fliesen und Treppe: dennoch war es immer ein Übergang in eine andere Welt, in »unsere« Welt. Die Halle roch nach Stein, sie war finster und hoch, hinten führte die Treppe aus der dunklen Kühle empor und zu Licht und hellem Behagen. Immer aber war erst die Halle und die erste Dämmerung da: etwas von Vater, etwas von Würde und Macht, etwas von Strafe und schlechtem Gewissen. Tausendmal ging man lachend hindurch. Manchmal aber trat man herein und war sogleich erdrückt und zerkleinert, hatte Angst, suchte rasch die befreiende Treppe.

Als ich elf Jahre alt war, kam ich eines Tages von der Schule her nach Hause, an einem von den Tagen, wo Schicksal in den Ecken lauert, wo leicht etwas passiert. An diesen Tagen scheint jede Unordnung und Störung der eigenen Seele sich in unserer Umwelt zu spiegeln und sie zu entstellen. Unbehagen und Angst beklemmen unser Herz, und wir suchen und finden ihre vermeintlichen Ursachen außer uns, sehen die Welt schlecht eingerichtet und stoßen überall auf Widerstände.

Ähnlich war es an jenem Tage. Von früh an bedrückte mich – wer weiß woher? vielleicht aus Träumen der Nacht – ein Gefühl wie schlechtes Gewissen, obwohl ich nichts Besonderes begangen hatte. Meines Vaters Gesicht hatte am Morgen einen leidenden und vorwurfsvollen Ausdruck gehabt, die Frühstücksmilch war lau und fad gewesen. In der Schule war ich zwar nicht in Nöte geraten, aber es hatte alles wieder einmal trostlos, tot und entmutigend geschmeckt und hatte sich vereinigt zu jenem mir schon bekannten Gefühl der Ohnmacht und Verzweiflung, das uns sagt, daß die Zeit endlos sei, daß wir ewig und ewig klein und machtlos und im Zwang dieser blöden, stinkenden Schule bleiben werden, Jahre und Jahre, und daß dies ganze Leben sinnlos und widerwärtig sei.

Auch über meinen derzeitigen Freund hatte ich mich heute geärgert. Ich hatte seit kurzem eine Freundschaft mit Oskar Weber, dem Sohn eines Lokomotivführers, ohne recht zu wissen, was mich zu ihm zog. Er hatte neulich damit geprahlt, daß sein Vater sieben Mark am Tage verdiene, und ich hatte aufs Geratewohl erwidert, der meine verdiene vierzehn. Daß er sich dadurch hatte imponieren lassen, ohne Einwände zu machen, war der Anfang der Sache gewesen. Einige Tage später hatte ich mit Weber einen Bund gegründet, indem wir eine gemeinsame Sparkasse anlegten, aus welcher später eine Pistole gekauft werden sollte. Die Pistole lag im Schaufenster eines Eisenhändlers, eine massive Waffe mit zwei bläulichen Stahlrohren. Und Weber hatte mir vorgerechnet, daß man nur eine Weile richtig zu sparen brauche, dann könne man sie kaufen. Geld gebe es ja immer, er bekomme sehr oft einen Zehner für Ausgänge, oder sonst ein Trinkgeld, und manchmal finde man Geld auf der Gasse, oder Sachen mit Geldeswert, wie Hufeisen, Bleistücke und anderes, was man gut verkaufen könne. Einen Zehner hatte er auch sofort für unsere Kasse hergegeben, und der hatte mich überzeugt und mir unseren ganzen Plan als möglich und hoffnungsvoll erscheinen lassen.

Indem ich an jenem Mittag unseren Hausflur betrat und mir in der kellerig kühlen Luft dunkle Mahnungen an tausend unbequeme und hassenswerte Dinge und Weltordnungen entgegenwehten, waren meine Gedanken mit Oskar Weber beschäftigt. Ich fühlte, daß ich ihn nicht liebte, obwohl sein gutmütiges Gesicht, das mich an eine Waschfrau erinnerte, mir sympathisch war. Was mich zu ihm hinzog, war nicht seine Person, sondern etwas anderes, ich könnte sagen, sein Stand – es war etwas, das er mit fast allen Buben von seiner Art und Herkunft teilte: eine gewisse freche Lebenskunst, ein dickes Fell gegen Gefahr und Demütigung, eine Vertrautheit mit den kleinen praktischen Angelegenheiten des Lebens, mit Geld, mit Kaufläden und Werkstätten, Waren und Preisen, mit Küche und Wäsche und dergleichen. Solche Knaben wie Weber, denen die Schläge in der Schule nicht weh zu tun schienen und die mit Knechten, Fuhrleuten und Fabrikmädchen verwandt und befreundet waren, die standen anders und gesicherter in der Welt als ich; sie waren gleichsam erwachsener, sie wußten, wieviel ihr Vater am Tag verdiente, und wußten ohne Zweifel auch sonst noch vieles, worin ich unerfahren war. Sie lachten über Ausdrücke und Witze, die ich nicht verstand. Sie konnten überhaupt auf eine Weise lachen, die mir versagt war, auf eine dreckige und rohe, aber unleugbar erwachsene und »männliche« Weise. Es half nichts, daß man klüger war als sie und in der Schule mehr wußte. Es half nichts, daß man besser als sie gekleidet, gekämmt und gewaschen war. Im Gegenteil, eben diese Unterschiede kamen ihnen zugute. In die »Welt«, wie sie mir in Dämmerschein und Abenteuerschein vorschwebte, schienen mir solche Knaben wie Weber ganz ohne Schwierigkeiten eingehen zu können, während mir die »Welt« so sehr verschlossen war und jedes ihrer Tore durch unendliches Älterwerden, Schulesitzen, durch Prüfungen und Erzogenwerden mühsam erobert werden mußte. Natürlich fanden solche Knaben auch Hufeisen, Geld und Stücke Blei auf der Straße, bekamen Lohn für Besorgungen, kriegten in Läden allerlei geschenkt und gediehen auf jede Weise.

Ich fühlte dunkel, daß meine Freundschaft zu Weber und seiner Sparkasse nichts war als wilde Sehnsucht nach jener »Welt«. An Weber war nichts für mich liebenswert als sein großes Geheimnis, kraft dessen er den Erwachsenen näher stand als ich, in einer schleierlosen, nackteren, robusteren Welt lebte als ich mit meinen Träumen und Wünschen. Und ich fühlte voraus, daß er mich enttäuschen würde, daß es mir nicht gelingen werde, ihm sein Geheimnis und den magischen Schlüssel zum Leben zu entreißen.

Eben hatte er mich verlassen, und ich wußte, er ging nun nach Hause, breit und behäbig, pfeifend und vergnügt, von keiner Sehnsucht, von keinen Ahnungen verdüstert. Wenn er die Dienstmägde und Fabrikler antraf und ihr rätselhaftes, vielleicht wunderbares, vielleicht verbrecherisches Leben führen sah, so war es ihm kein Rätsel und ungeheures Geheimnis, keine Gefahr, nichts Wildes und Spannendes, sondern selbstverständlich, bekannt und heimatlich wie der Ente das Wasser. So war es. Und ich hingegen, ich würde immer nebendraußen stehen, allein und unsicher, voll von Ahnungen, aber ohne Gewißheit.

Überhaupt, das Leben schmeckte an jenem Tage wieder einmal hoffnungslos fade, der Tag hatte etwas von einem Montag an sich, obwohl es ein Samstag war, er roch nach Montag, dreimal so lang und dreimal so öde als die anderen Tage. Verdammt und widerwärtig war dies Leben, verlogen und ekelhaft war es. Die Erwachsenen taten, als sei die Welt vollkommen und als seien sie selber Halbgötter, wir Knaben aber nichts als Auswurf und Abschaum. Diese Lehrer – ! Man fühlte Streben und Ehrgeiz in sich, man nahm redliche und leidenschaftliche Anläufe zum Guten, sei es nun zum Lernen der griechischen Unregelmäßigen oder zum Reinhalten seiner Kleider, zum Gehorsam gegen die Eltern oder zum schweigenden, heldenhaften Ertragen aller Schmerzen und Demütigungen – ja, immer und immer wieder erhob man sich, glühend und fromm, um sich Gott zu widmen und den idealen, reinen, edlen Pfad zur Höhe zu gehen, Tugend zu üben, Böses stillschweigend zu dulden, anderen zu helfen – ach, und immer und immer wieder blieb es ein Anlauf, ein Versuch und kurzer Flatterflug! Immer wieder passierte schon nach Tagen, o schon nach Stunden etwas, was nicht hätte sein dürfen, etwas Elendes, Betrübendes und Beschämendes. Immer wieder fiel man mitten aus den trotzigsten und adligsten Entschlüssen und Gelöbnissen plötzlich unentrinnbar in Sünde und Lumperei, in Alltag und Gewöhnlichkeiten zurück! Warum war es so, daß man die Schönheit und Richtigkeit guter Vorsätze so wohl und tief erkannte und im Herzen fühlte, wenn doch beständig und immerzu das ganze Leben (die Erwachsenen einbegriffen) nach Gewöhnlichkeit stank und überall darauf eingerichtet war, das Schäbige und Gemeine triumphieren zu lassen? Wie konnte es sein, daß man morgens im Bett auf den Knien oder nachts vor angezündeten Kerzen sich mit heiligem Schwur dem Guten und Lichten verbündete, Gott anrief und jedem Laster für immer Fehde ansagte – und daß man dann, vielleicht bloß ein paar Stunden später, an diesem selben heiligen Schwur und Vorsatz den elendesten Verrat üben konnte, sei es auch nur durch das Einstimmen in ein verführerisches Gelächter, durch das Gehör, das man einem dummen Schulbubenwitze lieh? Warum war das so? Ging es andern anders? Waren die Helden, die Römer und Griechen, die Ritter, die ersten Christen – waren diese alle andere Menschen gewesen als ich, besser, vollkommener, ohne schlechte Triebe, ausgestattet mit irgendeinem Organ, das mir fehlte, das sie hinderte, immer wieder aus dem Himmel in den Alltag, aus dem Erhabenen ins Unzulängliche und Elende zurückzufallen? War die Erbsünde jenen Helden und Heiligen unbekannt? War das Heilige und Edle nur Wenigen, Seltenen, Auserwählten möglich? Aber warum war mir, wenn ich nun also kein Auserwählter war, dennoch dieser Trieb nach dem Schönen und Adligen eingeboren, diese wilde, schluchzende Sehnsucht nach Reinheit, Güte, Tugend? War das nicht zum Hohn? Gab es das in Gottes Welt, daß ein Mensch, ein Knabe, gleichzeitig alle hohen und alle bösen Triebe in sich hatte und leiden und verzweifeln mußte, nur so als eine unglückliche und komische Figur, zum Vergnügen des zuschauenden Gottes? Gab es das? Und war dann nicht – ja war dann nicht die ganze Welt ein Teufelsspott, gerade wert, sie anzuspucken?! War dann nicht Gott ein Scheusal, ein Wahnsinniger, ein dummer, widerlicher Hanswurst? – Ach, und während ich mit einem Beigeschmack von Empörerwollust diese Gedanken dachte, strafte mich schon mein banges Herz durch Zittern für die Blasphemie!

Wie deutlich sehe ich, nach dreißig Jahren, jenes Treppenhaus wieder vor mir, mit den hohen, blinden Fenstern, die gegen die nahe Nachbarmauer gingen und so wenig Licht gaben, mit den weißgescheuerten, tannenen Treppen und Zwischenböden und dem glatten, harthölzernen Geländer, das durch meine tausend sausenden Abfahrten poliert war! So fern mir die Kindheit steht, und so unbegreiflich und märchenhaft sie mir im ganzen erscheint, so ist mir doch alles genau erinnerlich, was schon damals, mitten im Glück, in mir an Leid und Zwiespalt vorhanden war. Alle diese Gefühle waren damals im Herzen des Kindes schon dieselben, wie sie es immer blieben: Zweifel am eigenen Wert, Schwanken zwischen Selbstschätzung und Mutlosigkeit, zwischen weltverachtender Idealität und gewöhnlicher Sinneslust – und wie damals, so sah ich auch hundertmal später noch in diesen Zügen meines Wesens bald verächtliche Krankheit, bald Auszeichnung, habe zu Zeiten den Glauben, daß mich Gott auf diesem qualvollen Wege zu besonderer Vereinsamung und Vertiefung führen wolle, und finde zu andern Zeiten wieder in alledem nichts als die Zeichen einer schäbigen Charakterschwäche, einer Neurose, wie Tausende sie mühsam durchs Leben schleppen.

Wenn ich alle die Gefühle und ihren qualvollen Widerstreit auf ein Grundgefühl zurückführen und mit einem einzigen Namen bezeichnen sollte, so wüßte ich kein anderes

Wort als: Angst. Angst war es, Angst und Unsicherheit, was ich in allen jenen Stunden des gestörten Kinderglücks empfand: Angst vor Strafe, Angst vor dem eigenen Gewissen, Angst vor Regungen meiner Seele, die ich als verboten und verbrecherisch empfand.

Auch in jener Stunde, von der ich erzähle, kam dies Angstgefühl wieder über mich, als ich in dem heller und heller werdenden Treppenhause mich der Glastür näherte. Es begann mit einer Beklemmung im Unterleib, die bis zum Halse emporstieg und dort zum Würgen oder zu Übelkeit wurde. Zugleich damit empfand ich in diesen Momenten stets, und so auch jetzt, eine peinliche Geniertheit, ein Mißtrauen gegen jeden Beobachter, einen Drang zu Alleinsein und Sichverstecken.

Mit diesem üblen und verfluchten Gefühl, einem wahren Verbrechergefühl, kam ich in den Korridor und in das Wohnzimmer. Ich spürte: es ist heut der Teufel los, es wird etwas passieren. Ich spürte es, wie das Barometer einen veränderten Luftdruck spürt, mit rettungsloser Passivität. Ach, nun war es wieder da, dies Unsägliche! Der Dämon schlich durchs Haus, Erbsünde nagte am Herzen, riesig und unsichtbar stand hinter jeder Wand ein Geist, ein Vater und Richter.

Noch wußte ich nichts, noch war alles bloß Ahnung, Vorgefühl, nagendes Unbehagen. In solchen Lagen war es oft das beste, wenn man krank wurde, sich erbrach und ins Bett legte. Dann ging es manchmal ohne Schaden vorüber, die Mutter oder Schwester kam, man bekam Tee und spürte sich von liebender Sorge umgeben, und man konnte weinen oder schlafen, um nachher gesund und froh in einer völlig verwandelten, erlösten und hellen Welt zu erwachen.

Meine Mutter war nicht im Wohnzimmer, und in der Küche war nur die Magd. Ich beschloß, zum Vater hinaufzugehen, zu dessen Studierzimmer eine schmale Treppe hinaufführte. Wenn ich auch Furcht vor ihm hatte, zuweilen war es doch gut, sich an ihn zu wenden, dem man so viel abzubitten hatte. Bei der Mutter war es einfacher und leichter, Trost zu finden; beim Vater aber war der Trost wertvoller, er bedeutete einen Frieden mit dem richtenden Gewissen, eine Versöhnung und ein neues Bündnis mit den guten Mächten. Nach schlimmen Auftritten, Untersuchungen, Geständnissen und Strafen war ich oft aus des Vaters Zimmer gut und rein hervorgegangen, bestraft und ermahnt zwar, aber voll neuer Vorsätze, durch die Bundesgenossenschaft des Mächtigen gestärkt gegen das feindliche Böse. Ich beschloß, den Vater aufzusuchen und ihm zu sagen, daß mir übel sei.

Und so stieg ich die kleine Treppe hinauf, die zum Studierzimmer führte. Diese kleine Treppe mit ihrem eigenen Tapetengeruch und dem trockenen Klang der hohlen, leichten Holzstufen war noch unendlich viel mehr als der Hausflur ein bedeutsamer Weg und ein Schicksalstor; über diese Stufen hatten viele wichtige Gänge mich geführt, Angst und Gewissensqual hatte ich hundertmal dort hinaufgeschleppt, Trotz und wilden Zorn, und nicht selten hatte ich Erlösung und neue Sicherheit zurückgebracht. Unten in unserer Wohnung waren Mutter und Kind zu Hause, dort wehte harmlose Luft; hier oben wohnten Macht und Geist, hier waren Gericht und Tempel und das »Reich des Vaters«.

Etwas beklommen wie immer drückte ich die altmodische Klinke nieder und öffnete die Tür halb. Der väterliche Studierzimmergeruch floß mir wohlbekannt entgegen: Bücher- und Tintenduft, verdünnt durch blaue Luft aus halboffnen Fenstern, weiße, reine Vorhänge, ein verlorner Faden von Kölnisch-Wasser-Duft und auf dem Schreibtisch ein Apfel. – Aber die Stube war leer.

Mit einer Empfindung halb von Enttäuschung und halb von Aufatmen trat ich ein. Ich dämpfte meinen Schritt und trat nur mit Zehen auf, so wie wir hier oben manchmal gehen mußten, wenn der Vater schlief oder Kopfweh hatte. Und kaum war dies leise Gehen mir bewußt geworden, so bekam ich Herzklopfen und spürte verstärkt den angstvollen Druck im Unterleib und in der Kehle wieder. Ich ging schleichend und angstvoll weiter, einen Schritt und wieder einen Schritt, und schon war ich nicht mehr ein harmloser Besucher und Bittsteller, sondern ein Eindringling. Mehrmals schon hatte ich heimlich in des Vaters Abwesenheit mich in seine beiden Zimmer geschlichen, hatte sein geheimes Reich belauscht und erforscht und hatte zweimal auch etwas daraus entwendet.

Die Erinnerung daran war alsbald da und erfüllte mich, und ich wußte sofort: jetzt war das

Unglück da, jetzt passierte etwas, jetzt tat ich Verbotenes und Böses. Kein Gedanke an Flucht! Vielmehr, ich dachte wohl daran, dachte sehnlich und inbrünstig daran, davonzulaufen, die Treppe hinab und in mein Stübchen oder in den Garten – aber ich wußte, ich werde das doch nicht tun, nicht tun können. Innig wünschte ich, mein Vater möchte sich im Nebenzimmer rühren und hereintreten und den ganzen grauenvollen Bann durchbrechen, der mich dämonisch zog und fesselte. O käme er doch! Käme er doch, scheltend meinetwegen, aber käme er nur, eh es zu spät ist!

Ich hustete, um meine Anwesenheit zu melden, und als keine Antwort kam, rief ich leise: »Papa!« Es blieb alles still, an den Wänden schwiegen die vielen Bücher, ein Fensterflügel bewegte sich im Winde und warf einen hastigen Sonnenspiegel über den Boden. Niemand erlöste mich, und in mir selber war keine Freiheit, anders zu tun, als der Dämon wollte. Verbrechergefühl zog mir den Magen zusammen und machte mir die Fingerspitzen kalt, mein Herz flatterte angstvoll. Noch wußte ich keineswegs, was ich tun würde. Ich wußte nur, es würde etwas Schlechtes sein.

Nun war ich beim Schreibtisch, nahm ein Buch in die Hand und las einen englischen Titel, den ich nicht verstand. Englisch haßte ich – das sprach der Vater stets mit der Mutter, wenn wir es nicht verstehen sollten und auch wenn sie Streit hatten. In einer Schale lagen allerlei kleine Sachen, Zahnstocher, Stahlfedern, Stecknadeln. Ich nahm zwei von den Stahlfedern und steckte sie in die Tasche, Gott weiß wozu, ich brauchte sie nicht und hatte keinen Mangel an Federn. Ich tat es nur, um dem Zwang zu folgen, der mich fast erstickt hätte, dem Zwang, Böses zu tun, mir selbst zu schaden, mich mit Schuld zu beladen. Ich blätterte in meines Vaters Papieren, sah einen angefangenen Brief liegen, ich las die Worte: »es geht uns und den Kindern, Gott sei Dank, recht gut«, und die lateinischen Buchstaben seiner Handschrift sahen mich an wie Augen.

Dann ging ich leise und schleichend in das Schlafzimmer hinüber. Da stand Vaters eisernes Feldbett, seine braunen Hausschuhe darunter, ein Taschentuch lag auf dem Nachttisch. Ich atmete die väterliche Luft in dem kühlen, hellen Zimmer ein, und das Bild des Vaters stieg deutlich vor mir auf, Ehrfurcht und Auflehnung stritten in meinem beladenen Herzen. Für Augenblicke haßte ich ihn und erinnerte mich seiner mit Bosheit und Schadenfreude, wie er zuweilen an Kopfwehtagen still und flach in seinem niederen Feldbett lag, sehr lang und gestreckt, ein nasses Tuch über der Stirn, manchmal seufzend. Ich ahnte wohl, daß auch er, der Gewaltige, kein leichtes Leben habe, daß ihm, dem Ehrwürdigen, Zweifel an sich selbst und Bangigkeit nicht unbekannt waren. Schon war mein seltsamer Haß verflogen, Mitleid und Rührung folgten ihm. Aber inzwischen hatte ich eine Schublade der Kommode herausgezogen. Da lag Wäsche geschichtet und eine Flasche Kölnisches Wasser, das er liebte; ich wollte daran riechen, aber die Flasche war noch ungeöffnet und fest verstöpselt, ich legte sie wieder zurück. Daneben fand ich eine kleine runde Dose mit Mundpastillen, die nach Lakritzen schmeckten, von denen steckte ich einige in den Mund. Eine gewisse Enttäuschung und Ernüchterung kam über mich, und zugleich war ich doch froh, nicht mehr gefunden und genommen zu haben.

Schon im Ablassen und Verzichten zog ich noch spielend an einer andern Lade, mit etwas erleichtertem Gefühl und mit dem Vorsatz, nachher die zwei gestohlenen Stahlfedern drüben wieder an ihren Ort zu legen. Vielleicht waren Rückkehr und Reue möglich, Wiedergutmachung und Erlösung. Vielleicht war Gottes Hand über mir stärker als alle Versuchung...

Da sah ich mit schnellem Blick noch eilig in den Spalt der kaum aufgezogenen Lade. Ach, wären Strümpfe oder Hemden oder alte Zeitungen darin gewesen! Aber da war nun die Versuchung, und sekundenschnell kehrte der kaum gelockerte Krampf und Angstbann wieder, meine Hände zitterten, und mein Herz schlug rasend. Ich sah in einer aus Bast geflochtenen, indischen oder sonst exotischen Schale etwas liegen, etwas Überraschendes, Verlokkendes, einen ganzen Kranz von weiß bezuckerten, getrockneten Feigen!

Ich nahm ihn in die Hand, er war wundervoll schwer. Dann zog ich zwei, drei Feigen heraus, steckte eine in den Mund, einige in die Tasche. Nun waren alle Angst und alles Abenteuer doch nicht umsonst gewesen. Keine Erlösung, keinen Trost konnte ich mehr von hier fortnehmen, so wollte ich wenigstens nicht leer ausgehen. Ich zog noch drei, vier Feigen von dem Ring, der davon kaum leichter wurde, und noch einige, und als meine Taschen gefüllt und von dem Kranz wohl mehr als die Hälfte verschwunden war, ordnete ich die übriggebliebenen Feigen auf dem etwas klebrigen Ring lockerer an, so daß weniger zu fehlen schienen. Dann stieß ich, in plötzlichem hellem Schrecken, die Lade heftig zu und rannte davon, durch beide Zimmer, die kleine Stiege hinab und in mein Stübchen, wo ich stehenblieb und mich auf mein kleines Stehpult stützte, in den Knien wankend und nach Atem ringend.

Bald darauf tönte unsre Tischglocke. Mit leerem Kopf und ganz von Ernüchterung und Ekel erfüllt, stopfte ich die Feigen in mein Bücherbrett, verbarg sie hinter Büchern und ging zu Tische. Vor der Eßzimmertür merkte ich, daß meine Hände klebten. Ich wusch sie in der Küche. Im Eßzimmer fand ich alle schon am Tische warten. Ich sagte schnell Gutentag, der Vater sprach das Tischgebet, und ich beugte mich über meine Suppe. Ich hatte keinen Hunger, jeder Schluck machte mir Mühe. Und neben mir saßen meine Schwestern, die Eltern gegenüber, alle hell und munter und in Ehren, nur ich Verbrecher elend dazwischen, allein und unwürdig, mich fürchtend vor jedem freundlichen Blick, den Geschmack der Feigen noch im Munde. Hatte ich oben die Schlafzimmertür auch zugemacht? Und die Schublade?

Nun war das Elend da. Ich hätte mir die Hand abhauen lassen, wenn dafür meine Feigen wieder oben in der Kommode gelegen hätten. Ich beschloß, sie fortzuwerfen, sie mit in die Schule zu nehmen und zu verschenken. Nur daß sie wegkämen, daß ich sie nie wieder sehen müßte!

»Du siehst heut schlecht aus«, sagte mein Vater über den Tisch weg. Ich sah auf meinen Teller und fühlte seine Blicke auf meinem Gesicht. Nun würde er es merken. Er merkte ja alles, immer. Warum quälte er mich vorher noch? Mochte er mich lieber gleich abführen und meinetwegen totschlagen.

»Fehlt dir etwas?« hörte ich seine Stimme wieder. Ich log, ich sagte, ich habe Kopfweh.

»Du mußt dich nach Tisch ein wenig hinlegen«, sagte er. »Wieviel Stunden habt ihr heute nachmittag?«

»Bloß Turnen.«

»Nun, turnen wird dir nicht schaden. Aber

iß auch, zwinge dich ein bißchen! Es wird schon vergehen.«

Ich schielte hinüber. Die Mutter sagte nichts, aber ich wußte, daß sie mich anschaute. Ich aß meine Suppe hinunter, kämpfte mit Fleisch und Gemüse, schenkte mir zweimal Wasser ein. Es geschah nichts weiter. Man ließ mich in Ruhe. Als zum Schluß mein Vater das Dankgebet sprach: »Herr, wir danken dir, denn du bist freundlich, und deine Güte währet ewiglich«, da trennte wieder ein ätzender Schnitt mich von den hellen, heiligen, vertrauensvollen Worten und von allen, die am Tische saßen: mein Händefalten war Lüge, und meine andächtige Haltung war Lästerung.

Als ich aufstand, strich mir die Mutter übers Haar und ließ ihre Hand einen Augenblick auf meiner Stirn liegen, ob sie heiß sei. Wie bitter war das alles!

In meinem Stübchen stand ich dann vor dem Bücherbrett. Der Morgen hatte nicht gelogen, alle Anzeichen hatten recht gehabt. Es war ein Unglückstag geworden, der schlimmste, den ich je erlebt hatte. Schlimmeres konnte kein Mensch ertragen. Wenn noch Schlimmeres über einen kam, dann mußte man sich das Leben nehmen. Man müßte Gift haben, das war das beste, oder sich erhängen. Es war überhaupt besser, tot zu sein, als zu leben. Es war ja alles so falsch und häßlich. Ich stand und sann und griff zerstreut nach den verborgenen Feigen und aß davon, eine und mehrere, ohne es recht zu wissen.

Unsre Sparkasse fiel mir in die Augen, sie stand im Bord unter den Büchern. Es war eine Zigarrenkiste, die ich fest zugenagelt hatte; in den Deckel hatte ich mit einem Taschenmesser einen ungefügen Schlitz für die Geldstücke geschnitten. Er war schlecht und roh geschnitten, der Schlitz, Holzsplitter standen heraus. Auch das konnte ich nicht richtig. Ich hatte Kameraden, die konnten so etwas mühsam und geduldig und tadellos machen, daß es aussah wie vom Schreiner gehobelt. Ich aber pfuschte immer nur, hatte es eilig und machte nichts sauber fertig. So war es mit meinen Holzarbeiten, so mit meiner Handschrift und meinen Zeichnungen, so war es mit meiner Schmetterlingssammlung und mit allem. Es war nichts mit mir. Und nun stand ich da und hatte wieder gestohlen, schlimmer als je. Auch die Stahlfedern hatte ich noch in der Tasche. Wozu? Warum hatte ich sie genommen – nehmen müssen? Warum mußte man, was man gar nicht wollte?

In der Zigarrenkiste klapperte ein einziges Geldstück, der Zehner von Oskar Weber. Seither war nichts dazugekommen. Auch diese Sparkassengeschichte war so eine meiner Unternehmungen! Alles taugte nichts, alles mißriet und blieb im Anfang stecken, was ich begann! Mochte der Teufel diese unsinnige Sparkasse holen! Ich mochte nichts mehr von ihr wissen.

Diese Zeit zwischen Mittagessen und Schulbeginn war an solchen Tagen wie heute immer mißlich und schwer herumzubringen. An guten Tagen, an friedlichen, vernünftigen, liebenswerten Tagen, war es eine schöne und erwünschte Stunde; ich las dann entweder in meinem Zimmer an einem Indianerbuch oder lief sofort nach Tisch wieder auf den Schulplatz, wo ich immer einige unternehmungslustige Kameraden traf, und dann spielten wir, schrien und rannten und erhitzten uns, bis der Glockenschlag uns in die völlig vergessene »Wirklichkeit« zurückrief. Aber an Tagen wie heute – mit wem wollte man da spielen und wie die Teufel in der Brust betäuben? Ich sah es kommen – noch nicht heute, aber ein nächstes Mal, vielleicht bald. Da würde mein Schicksal vollends zum Ausbruch kommen. Es fehlte ja nur noch eine Kleinigkeit, eine winzige Kleinigkeit mehr an Angst und Leid und Ratlosigkeit, dann lief es über, dann mußte es ein Ende mit Schrecken nehmen. Eines Tages, an gerade so einem Tag wie heute, würde ich vollends im Bösen untersinken, ich würde in Trotz und Wut und wegen der sinnlosen Unerträglichkeit dieses Lebens etwas Gräßliches und Entscheidendes tun, etwas Gräßliches, aber Befreiendes, das der Angst und Quälerei ein Ende machte, für immer. Ungewiß war, was es sein würde; aber Phantasien und vorläufige Zwangsvorstellungen davon waren mir schon mehrmals verwirrend durch den Kopf gegangen, Vorstellungen von Verbrechen, mit denen ich an der Welt Rache nehmen und zugleich mich selbst preisgeben und vernichten würde. Manchmal war es mir so, als würde ich unser Haus anzünden: ungeheure Flammen schlugen mit Flügeln durch die Nacht, Häuser und Gassen wurden vom Brand ergriffen, die ganze Stadt loderte riesig gegen den schwarzen Himmel. Oder zu anderen Zeiten war das Verbrechen meiner Träume eine Rache an meinem Vater, ein Mord und grausiger Totschlag. Ich aber würde mich dann benehmen wie jener Verbrecher, jener einzige, richtige Verbrecher, den ich einmal hatte durch die Gassen unsrer Stadt führen sehen. Es war ein Einbrecher, den man gefangen hatte und in das Amtsgericht führte, mit Handschellen gefesselt, einen steifen Melonenhut schief auf dem Kopf, vor ihm und hinter ihm ein Landjäger. Dieser Mann, der durch die Straßen und durch einen riesigen Volksauflauf von Neugierigen getrieben wurde, an tausend Flüchen, boshaften Witzen und herausgeschrienen bösen Wünschen vorbei, dieser Mann hatte in nichts jenen armen, scheuen Teufeln geglichen, die man zuweilen vom Polizeidiener über die Straße begleitet sah und welche meistens bloß arme Handwerksburschen waren, die gebettelt hatten. Nein, dieser war kein Handwerksbursche und sah nicht windig, scheu und weinerlich aus, oder flüchtete in ein verlegen-dummes Grinsen, wie ich es auch schon gesehen hatte – dieser war ein echter Verbrecher und trug den etwas zerbeulten Hut kühn auf einem trotzigen und ungebeugten Schädel, er war bleich und lächelte still verachtungsvoll, und das Volk, das ihn beschimpfte und anspie, wurde neben ihm zu Pack und Pöbel. Ich hatte damals selbst mitgeschrien: »Man hat ihn, der gehört gehängt!«; aber dann sah ich seinen aufrechten, stolzen Gang, wie er die gefesselten Hände vor sich trug, und wie er auf dem zähen, bösen Kopf den Melonenhut kühn wie eine phantastische Krone trug – und wie er lächelte! und da schwieg ich. So wie dieser Verbrecher aber würde auch ich lächeln und den Kopf steif halten, wenn man mich ins Gericht und auf das Schafott führte, und wenn die vielen Leute um mich her drängten und hohnvoll aufschrien – ich würde nicht ja und nicht nein sagen, einfach schweigen und verachten.

Und wenn ich hingerichtet und tot war und im Himmel vor den ewigen Richter kam, dann wollte ich mich keineswegs beugen und unterwerfen. O nein, und wenn alle Engelscharen ihn umstanden und alle Heiligkeit und Würde aus ihm strahlte! Mochte er mich verdammen, mochte er mich in Pech sieden lassen! Ich wollte mich nicht entschuldigen, mich nicht demütigen, ihn nicht um Verzeihung bitten, nichts bereuen! Wenn er mich fragte: »Hast du das und das getan?«, so würde ich rufen: »Jawohl habe ich's getan, und noch mehr, und es war recht, daß ich's getan habe, und wenn ich kann, werde ich es wieder und wieder tun. Ich habe totgeschlagen, ich habe Häuser angezündet, weil es mir Spaß machte, und weil ich dich verhöhnen und ärgern wollte. Ja, denn ich hasse dich, ich spucke dir vor die Füße, Gott. Du hast mich gequält und geschunden, du hast Gesetze gegeben, die niemand halten kann, du hast die Erwachsenen angestiftet, uns Jungen das Leben zu versauen.«

Wenn es mir glückte, mir dies vollkommen deutlich vorzustellen und fest daran zu glauben, daß es mir gelingen würde, genau so zu tun und zu reden, dann war mir für Augenblicke finster wohl. Sofort aber kehrten die Zweifel wieder. Würde ich nicht schwach werden, würde mich einschüchtern lassen, würde doch nachgeben? Oder, wenn ich auch alles tat, wie es mein trotziger Wille war – würde nicht Gott einen Ausweg finden, eine Überlegenheit, einen Schwindel, so wie es den Erwachsenen und Mächtigen ja immer gelang, am Ende noch mit einem Trumpf zu kommen, einen schließlich doch noch zu beschämen, einen nicht für voll zu nehmen, einen unter der verfluchten Maske des Wohlwollens zu demütigen? Ach, natürlich würde es so enden.

Hin und her gingen meine Phantasien, ließen bald mich, bald Gott gewinnen, hoben mich zum unbeugsamen Verbrecher und zogen mich wieder zum Kind und Schwächling herab.

Ich stand am Fenster und schaute auf den kleinen Hinterhof des Nachbarhauses hinunter, wo Gerüststangen an der Mauer lehnten und in einem kleinen winzigen Garten ein paar Gemüsebeete grünten. Plötzlich hörte ich durch die Nachmittagsstille Glockenschläge hallen, fest und nüchtern in meine Visionen hinein, einen klaren, strengen Stundenschlag, und noch einen. Es war zwei Uhr, und ich schreckte aus den Traumängsten in die der Wirklichkeit zurück. Nun begann unsre Turnstunde, und wenn ich auch auf Zauberflügeln fort und in die Turnhalle gestürzt wäre, ich wäre doch schon zu spät gekommen. Wieder Pech! Das gab übermorgen Aufruf, Schimpfworte und Strafe. Lieber ging ich gar nicht mehr hin, es war doch nichts mehr gutzumachen. Vielleicht mit einer sehr guten, sehr feinen und glaubhaften Entschuldigung – aber es wäre mir in diesem Augenblick keine eingefallen, so glänzend mich auch unsre Lehrer zum Lügen erzogen hatten; ich war jetzt nicht imstande, zu lügen, zu erfinden, zu konstruieren. Besser war es, vollends ganz aus der Stunde wegzubleiben. Was lag daran, ob jetzt zum großen Unglück noch ein kleines kam!

Aber der Stundenschlag hatte mich geweckt und meine Phantasiespiele gelähmt. Ich war plötzlich sehr schwach, überwirklich sah mein Zimmer mich an, Pult, Bilder, Bett, Bücherschaft, alles geladen mit strenger Wirklichkeit, alles Zurufe aus der Welt, in der man leben mußte, und die mir heut wieder einmal so feindlich und gefährlich geworden war. Wie denn? Hatte ich nicht die Turnstunde versäumt? Und hatte ich nicht gestohlen, jämmerlich gestohlen, und hatte die verdammten Feigen im Bücherbrett liegen, soweit sie nicht schon aufgegessen waren? Was gingen mich jetzt der Verbrecher, der liebe Gott und das Jüngste Gericht an! Das würde alles dann schon kommen, zu seiner Zeit – aber jetzt, jetzt im Augenblick konnte das Verbrechen entdeckt werden. Vielleicht war es schon soweit, vielleicht hatte mein Vater droben schon jene Schublade gezogen und stand vor meiner Schandtat, beleidigt und erzürnt, und überlegte sich, auf welche Art mir der Prozeß zu machen sei. Ach, er war möglicherweise schon unterwegs zu mir, und wenn ich nicht sofort entfloh, hatte ich in der nächsten Minute schon sein ernstes Gesicht mit der Brille vor mir. Denn er wußte natürlich sofort, daß ich der Dieb war. Es gab keine Verbrecher in unserm Hause außer mir, meine Schwestern taten nie so etwas, Gott weiß warum. Aber wozu brauchte mein Vater da in seiner Kommode solche Feigenkränze verborgen zu haben?

Ich hatte mein Stübchen schon verlassen und mich durch die hintere Haustür und den Garten davongemacht. Die Gärten und Wiesen lagen in heller Sonne, Zitronenfalter flogen über den Weg. Alles sah jetzt schlimm und drohend aus, viel schlimmer als heut morgen. Oh, ich kannte das schon, und doch meinte ich, es nie so qualvoll gespürt zu haben: wie da alles in seiner Selbstverständlichkeit und mit seiner Gewissensruhe mich ansah, Stadt und Kirchturm, Wiesen und Weg, Grasblüten und Schmetterlinge, und wie alles Hübsche und

Fröhliche, was man sonst mit Freuden sah, nun fremd und verzaubert war! Ich kannte das, ich wußte, wie es schmeckt, wenn man in Gewissensangst durch die gewohnte Gegend läuft! Jetzt konnte der seltenste Schmetterling über die Wiese fliegen und sich vor meinen Füßen hinsetzen – es war nichts, es freute nicht, reizte nicht, tröstete nicht. Jetzt konnte der herrlichste Kirschbaum mir seinen vollsten Ast herbieten – es hatte keinen Wert, es war kein Glück dabei. Jetzt gab es nichts als fliehen, vor dem Vater, vor der Strafe, vor mir selber, vor meinem Gewissen, fliehen und rastlos sein, bis dennoch unerbittlich und unentrinnbar alles kam, was kommen mußte.

Ich lief und war rastlos, ich lief bergan und hoch bis zum Walde, und vom Eichenberg nach der Hofmühle hinab, über den Steg und jenseits wieder bergauf und durch Wälder hinan. Hier hatten wir unser letztes Indianerlager gehabt. Hier hatte letztes Jahr, als der Vater auf Reisen war, unsre Mutter mit uns Kindern Ostern gefeiert und im Wald und Moos die Eier für uns versteckt. Hier hatte ich einst mit meinen Vettern in den Ferien eine Burg gebaut, sie stand noch halb. Überall Reste von einstmals, überall Spiegel, aus denen mir ein andrer entgegensah, als der ich heute war! War ich das alles gewesen? So lustig, so zufrieden, so dankbar, so kameradschaftlich, so zärtlich mit der Mutter, so ohne Angst, so unbegreiflich glücklich? War das ich gewesen? Und wie hatte ich so werden können, wie ich jetzt war, so anders, so ganz anders, so böse, so voll Angst, so zerstört? Alles war noch wie immer, Wald und Fluß, Farnkräuter und Blumen, Burg und Ameisenhaufen, und doch alles wie vergiftet und verwüstet. Gab es denn gar keinen Weg zurück, dorthin, wo das Glück und die Unschuld waren? Konnte es nie mehr werden, wie es gewesen war? Würde ich jemals wieder so lachen, so mit den Schwestern spielen, so nach Ostereiern suchen?

Ich lief und lief, den Schweiß auf der Stirn, und hinter mir lief meine Schuld und lief groß und ungeheuer der Schatten meines Vaters als Verfolger mit.

An mir vorbei liefen Alleen, sanken Waldränder hinab. Auf einer Höhe machte ich halt, abseits vom Weg, ins Gras geworfen, mit Herzklopfen, das vom Bergaufwärtsrennen kommen konnte, das vielleicht bald besser wurde.

Unten sah ich Stadt und Fluß, sah die Turnhalle, wo jetzt die Stunde zu Ende war und die Buben auseinanderliefen, sah das lange Dach meines Vaterhauses. Dort war meines Vaters Schlafzimmer und die Schublade, in der die Feigen fehlten. Dort war mein kleines Zimmer. Dort würde, wenn ich zurückkam, das Gericht mich treffen. – Aber wenn ich nicht zurückkam?

Ich wußte, daß ich zurückkommen würde. Man kam immer zurück, jedesmal. Es endete immer so. Man konnte nicht fort, man konnte nicht nach Afrika fliehen oder nach Berlin. Man war klein, man hatte kein Geld, niemand half einem. Ja, wenn alle Kinder sich zusammentäten und einander hülfen! Sie waren viele, es gab mehr Kinder als Eltern. Aber nicht alle Kinder waren Diebe und Verbrecher. Wenige waren so wie ich. Vielleicht war ich der einzige. Aber nein, ich wußte, es kamen öfters solche Sachen vor wie meine – ein Onkel von mir hatte als Kind auch gestohlen und viel Sachen angestellt, das hatte ich irgendwann einmal erlauscht, heimlich aus einem Gespräch der Eltern, heimlich, wie man alles Wissenswerte erlauschen mußte. Doch das alles half mir nicht, und wenn jener Onkel selber da wäre, er würde mir auch nicht helfen! Er war jetzt längst groß und erwachsen, er war Pastor, und er würde zu den Erwachsenen halten und mich im Stich lassen. So waren sie alle. Gegen uns Kinder waren sie alle falsch und verlogen, spielten eine Rolle, gaben sich anders als sie waren. Die Mutter vielleicht nicht, oder weniger.

Ja, wenn ich nun nicht mehr heimkehren würde? Es könnte ja etwas passieren, ich konnte mir den Hals brechen oder ertrinken oder unter die Eisenbahn kommen. Dann sah alles anders aus. Dann brachte man mich nach Hause, und alles war still und erschrocken und weinte, und ich tat allen leid, und von den Feigen war nicht mehr die Rede. Ich wußte sehr gut, daß man sich selber das Leben nehmen konnte. Ich dachte auch, daß ich das wohl einmal tun würde, später, wenn es einmal ganz schlimm kam. Gut wäre es gewesen, krank zu werden, aber nicht bloß so mit Husten, sondern richtig todkrank, so wie damals, als ich Scharlachfieber hatte.

Inzwischen war die Turnstunde längst vorüber, und auch die Zeit war vorüber, wo man mich zu Hause zum Kaffee erwartete. Vielleicht riefen und suchten sie jetzt nach mir, in meinem Zimmer, im Garten und Hof, auf dem Estrich. Wenn aber der Vater meinen Diebstahl schon entdeckt hatte, dann wurde nicht gesucht, dann wußte er Bescheid.

Es war mir nicht möglich, länger liegenzubleiben. Das Schicksal vergaß mich nicht, es war hinter mir her. Ich nahm das Laufen wieder auf. Ich kam an einer Bank in den Anlagen vorüber, an der hing wieder eine Erinnerung, wieder eine, die einst schön und lieb gewesen war und jetzt wie Feuer brannte. Mein Vater hatte mir ein Taschenmesser geschenkt, wir waren zusammen spazierengegangen, froh und in gutem Frieden, und er hatte sich auf diese Bank gesetzt, während ich im Gebüsch mir eine lange Haselrute schneiden wollte. Und da brach ich im Eifer das neue Messer ab, die Klinge dicht am Heft, und kam entsetzt zurück, wollte es erst verheimlichen, wurde aber gleich danach gefragt. Ich war sehr unglücklich, wegen des Messers und weil ich Scheltworte erwartete. Aber da hatte mein Vater nur gelächelt, mir leicht die Schulter berührt und gesagt: »Wie schade, du armer Kerl!« Wie hatte ich ihn da geliebt, wieviel ihm innerlich abgebeten! Und jetzt, wenn ich an das damalige Gesicht meines Vaters dachte, an seine Stimme, an sein Mitleid – was war ich für ein Ungeheuer, daß ich diesen Vater so oft betrübt, belogen und heut bestohlen hatte!

Als ich wieder in die Stadt kam, bei der oberen Brücke und weit von unserm Hause, hatte die Dämmerung schon begonnen. Aus einem Kaufladen, hinter dessen Glastür schon Licht brannte, kam ein Knabe gelaufen, der blieb plötzlich stehen und rief mich mit Namen an. Es war Oskar Weber. Niemand konnte mir ungelegener kommen. Immerhin erfuhr ich von ihm, daß der Lehrer mein Fehlen in der Turnstunde nicht bemerkt habe. Aber wo ich denn gewesen sei?

»Ach nirgends«, sagte ich, »ich war nicht recht wohl.«

Ich war schweigsam und zurückweisend, und nach einer Weile, die ich empörend lang fand, merkte er, daß er mir lästig sei. Jetzt wurde er böse.

»Laß mich in Ruhe«, sagte ich kalt, »ich kann allein heimgehen.«

»So?« rief er jetzt. »Ich kann geradesogut

allein gehen wie du, dummer Fratz! Ich bin nicht dein Pudel, daß du's weißt. Aber vorher möchte ich doch wissen, wie das jetzt eigentlich mit unserer Sparkasse ist! Ich habe einen Zehner hineingetan und du nichts.«

»Deinen Zehner kannst du wiederhaben, heut noch, wenn du Angst um ihn hast. Wenn ich dich nur nimmer sehen muß. Als ob ich von dir etwas annehmen würde!«

»Du hast ihn neulich gern genommen«, meinte er höhnisch, aber nicht, ohne einen Türspalt zur Versöhnung offen zu lassen.

Aber ich war heiß und böse geworden, alle in mir angehäufte Angst und Ratlosigkeit brach in hellen Zorn aus. Weber hatte mir nichts zu sagen! Gegen ihn war ich im Recht, gegen ihn hatte ich ein gutes Gewissen. Und ich brauchte jemand, gegen den ich mich fühlen, gegen den ich stolz und im Recht sein konnte. Alles Ungeordnete und Finstere in mir strömte wild in diesen Ausweg. Ich tat, was ich sonst so sorgfältig vermied, ich kehrte den Herrensohn heraus, ich deutete an, daß es für mich keine Entbehrung sei, auf die Freundschaft mit einem Gassenbuben zu verzichten. Ich sagte ihm, daß für ihn jetzt das Beerenessen in unserm Garten und das Spielen mit meinen Spielsachen ein Ende habe. Ich fühlte mich aufglühen und aufleben: Ich hatte einen Feind, einen Gegner, einen, der schuld war, den man packen konnte. Alle Lebenstriebe sammelten sich in diese erlösende, willkommene, befreiende Wut, in die grimmige Freude am Feind, der diesmal nicht in mir selbst wohnte, der mir gegenüberstand, mich mit erschreckten, dann mit bösen Augen anglotzte, dessen Stimme ich hörte, dessen Vorwürfe ich verachten, dessen Schimpfworte ich übertrumpfen konnte.

Im anschwellenden Wortwechsel, dicht nebeneinander, trieben wir die dunkelnde Gasse hinab; da und dort sah man uns aus einer Haustüre nach. Und alles, was ich gegen mich selber an Wut und Verachtung empfand, kehrte sich gegen den unseligen Weber. Als er damit zu drohen begann, er werde mich dem Turnlehrer anzeigen, war es Wollust für mich: er setzte sich ins Unrecht, er wurde gemein, er stärkte mich.

Als wir in der Nähe der Metzgergasse handgemein wurden, blieben gleich ein paar Leute stehen und sahen unserm Handel zu. Wir hieben einander in den Bauch und ins Gesicht und traten mit den Schuhen gegeneinander. Nun hatte ich für Augenblicke alles vergessen, ich war im Recht, war kein Verbrecher, Kampfrausch beglückte mich, und wenn Weber auch stärker war als ich, so war ich flinker, klüger, rascher, feuriger. Wir wurden heiß und schlugen uns wütend. Als er mir mit einem verzweifelten Griff den Hemdkragen aufriß, fühlte ich mit Inbrunst den Strom kalter Luft über meine glühende Haut laufen.

Und im Hauen, Reißen und Treten, Ringen und Würgen hörten wir nicht auf, uns weiter mit Worten anzufeinden, zu beleidigen und zu vernichten, mit Worten, die immer glühender, immer törichter und böser, immer dichterischer und phantastischer wurden. Und auch darin war ich ihm über, war böser, dichterischer, erfinderischer. Sagte er Hund, so sagte ich Sauhund. Rief er Schuft, so schrie ich Satan. Wir bluteten beide, ohne etwas zu fühlen, und dabei häuften unsre Worte böse Zauber und Wünsche, wir empfahlen einander dem Galgen, wünschten uns Messer, um sie einander in die Rippen zu jagen und darin umzudrehen, wir beschimpften einer des andern Namen, Herkunft und Vater.

Es war das erste und einzige Mal, daß ich einen solchen Kampf im vollen Kriegsrausch bis zu Ende ausfocht, mit allen Hieben, allen Grausamkeiten, allen Beschimpfungen. Zugesehen hatte ich oft und mit grausender Lust diese vulgären, urtümlichen Flüche und Schandworte angehört; nun schrie ich sie selber heraus, als sei ich ihrer von klein auf gewohnt und in ihrem Gebrauch geübt. Tränen liefen mir aus den Augen und Blut über den Mund. Die Welt aber war herrlich, sie hatte einen Sinn, es war gut zu leben, gut zu hauen, gut zu bluten und bluten zu machen.

Niemals vermochte ich in der Erinnerung das Ende dieses Kampfes wieder zu finden. Irgendeinmal war es aus, irgendeinmal stand ich allein in der stillen Dunkelheit, erkannte Straßenecken und Häuser, war nahe bei unserm Hause. Langsam floh der Rausch, langsam hörte das Flügelbrausen und Donnern auf, und Wirklichkeit drang stückweise vor meine Sinne, zuerst nur vor die Augen. Da der Brunnen. Die Brücke. Blut an meiner Hand, zerrissene Kleider, herabgerutschte Strümpfe, ein Schmerz im Knie, einer im Auge, keine Mütze mehr da – alles kam nach und nach, wurde

Wirklichkeit und sprach zu mir. Plötzlich war ich tief ermüdet, fühlte meine Knie und Arme zittern, tastete nach einer Hauswand.

Und da war unser Haus. Gott sei Dank! Ich wußte nichts auf der Welt mehr, als daß dort Zuflucht war, Friede, Licht, Geborgenheit. Aufatmend schob ich das hohe Tor zurück.

Da mit dem Duft von Stein und feuchter Kühle überströmte mich plötzlich Erinnerung, hundertfach. O Gott! Es roch nach Strenge, nach Gesetz, nach Verantwortung, nach Vater und Gott. Ich hatte gestohlen. Ich war kein verwundeter Held, der vom Kampfe heimkehrte. Ich war kein armes Kind, das nach Hause findet und von der Mutter in Wärme und Mitleid gebettet wird. Ich war Dieb, ich war Verbrecher. Da droben waren nicht Zuflucht, Bett und Schlaf für mich, nicht Essen und Pflege, nicht Trost und Vergessen. Auf mich wartete Schuld und Gericht.

Damals in dem finstern abendlichen Flur und im Treppenhaus, dessen viele Stufen ich unter Mühen erklomm, atmete ich, wie ich glaube, zum erstenmal in meinem Leben für Augenblicke den kalten Äther, die Einsamkeit, das Schicksal. Ich sah keinen Ausweg, ich hatte keine Pläne, auch keine Angst, nichts als das kalte, rauhe Gefühl: »Es muß sein.« Am Geländer zog ich mich die Treppe hinauf. Vor der Glastür fühlte ich Lust, noch einen Augenblick mich auf die Treppe zu setzen, aufzuatmen, Ruhe zu haben. Ich tat es nicht, es hatte keinen Zweck. Ich mußte hinein. Beim Öffnen der Tür fiel mir ein, wie spät es wohl sei?

Ich trat ins Eßzimmer. Da saßen sie um den Tisch und hatten eben gegessen, ein Teller mit Äpfeln stand noch da. Es war gegen acht Uhr. Nie war ich ohne Erlaubnis so spät heimgekommen, nie hatte ich beim Abendessen gefehlt.

»Gott sei Dank, da bist du!« rief meine Mutter lebhaft. Ich sah, sie war in Sorge um mich gewesen. Sie lief auf mich zu und blieb erschrocken stehen, als sie mein Gesicht und die beschmutzten und zerrissenen Kleider sah. Ich sagte nichts und blickte niemanden an, doch spürte ich deutlich, daß Vater und Mutter sich mit Blicken meinetwegen verständigten. Mein Vater schwieg und beherrschte sich; ich fühlte, wie zornig er war. Die Mutter nahm sich meiner an, Gesicht und Hände wurden mir gewaschen, Pflaster aufgeklebt, dann bekam ich zu essen. Mitleid und Sorgfalt umgaben mich, ich saß still und tief beschämt, fühlte die Wärme und genoß sie mit schlechtem Gewissen. Dann ward ich zu Bett geschickt. Dem Vater gab ich die Hand, ohne ihn anzusehen.

Als ich schon im Bett lag, kam die Mutter noch zu mir. Sie nahm meine Kleider vom Stuhl und legte mir andere hin, denn morgen war Sonntag. Dann fing sie behutsam zu fragen an, und ich mußte von meiner Rauferei erzählen. Sie fand es zwar schlimm, schalt aber nicht und schien ein wenig verwundert, daß ich dieser Sache wegen so sehr gedrückt und scheu war. Dann ging sie.

Und nun, dachte ich, war sie überzeugt, daß alles gut sei. Ich hatte Händel ausgefochten und war blutiggehauen worden, aber das würde morgen vergessen sein. Von dem andern, dem Eigentlichen, wußte sie nichts. Sie war betrübt gewesen, aber unbefangen und zärtlich. Auch der Vater wußte also vermutlich noch nichts.

Und nun überkam mich ein furchtbares Gefühl von Enttäuschung. Ich merkte jetzt, daß ich seit dem Augenblick, wo ich unser Haus betreten hatte, ganz und gar von einem einzigen, sehnlichen, verzehrenden Wunsch erfüllt gewesen war. Ich hatte nichts anderes gedacht, gewünscht, ersehnt, als daß das Gewitter nun ausbrechen möge, daß das Gericht über mich ergehe, daß das Furchtbare zur Wirklichkeit werde und die entsetzliche Angst davor aufhöre. Ich war auf alles gefaßt, zu allem bereit gewesen. Mochte ich schwer gestraft, geschlagen und eingesperrt werden! Mochte er mich hungern lassen! Mochte er mich verfluchen und verstoßen! Wenn nur die Angst und Spannung ein Ende nahmen!

Statt dessen lag ich nun da, hatte noch Liebe und Pflege genossen, war freundlich geschont und für meine Unarten nicht zur Rechenschaft gezogen worden und konnte aufs neue warten und bangen. Sie hatten mir die zerrissenen Kleider, das lange Fortbleiben, das versäumte Abendessen vergeben, weil ich müde war und blutete und ihnen leid tat, vor allem aber, weil sie das andere nicht ahnten, weil sie nur von meinen Unarten, nichts von meinem Verbrechen wußten. Es würde mir doppelt schlimm gehen, wenn es ans Licht kam! Vielleicht schickte man mich, wie man früher einmal gedroht hatte, in eine Besserungsanstalt, wo man altes, hartes Brot essen und während der ganzen Freizeit Holz sägen und Stiefel putzen mußte, wo es Schlafsäle mit Aufsehern geben sollte, die einen mit dem Stock schlugen und morgens um vier mit kaltem Wasser weckten. Oder man übergab mich der Polizei?

Jedenfalls aber, es komme wie es möge, lag wieder eine Wartezeit vor mir. Noch länger mußte ich die Angst ertragen, noch länger mit meinem Geheimnis herumgehen, vor jedem Blick und Schritt im Hause zittern und niemand ins Gesicht sehen können.

Oder war es am Ende möglich, daß mein Diebstahl gar nicht bemerkt wurde? Daß alles blieb, wie es war? Daß ich mir alle diese Angst und Pein vergebens gemacht hatte? – Oh, wenn das geschehen sollte, wenn dies Unausdenkliche, Wundervolle möglich war, dann wollte ich ein ganz neues Leben beginnen, dann wollte ich Gott danken und mich dadurch würdig zeigen, daß ich Stunde für Stunde ganz rein und fleckenlos lebte! Was ich schon früher versucht hatte und was mir mißglückt war, jetzt würde es gelingen, jetzt waren mein Vorsatz und Wille stark genug, jetzt nach diesem Elend, dieser Hölle voll Qual! Mein ganzes Wesen bemächtigte sich dieses Wunschgedankens und sog sich inbrünstig daran fest. Trost regnete vom Himmel, Zukunft tat sich blau und sonnig auf. In diesen Phantasien schlief ich endlich ein und schlief unbeschwert die ganze, gute Nacht hindurch.

Am Morgen war Sonntag, und noch im Bett empfand ich, wie den Geschmack einer Frucht, das eigentümliche, sonderbar gemischte, im ganzen aber so köstliche Sonntagsgefühl, wie ich es seit meiner Schulzeit kannte. Der Sonntagmorgen war eine gute Sache: Ausschlafen, keine Schule, Aussicht auf ein gutes Mittagessen, kein Geruch nach Lehrer und Tinte, eine Menge freie Zeit. Dies war die Hauptsache. Schwächer nur klangen andere, fremdere, fadere Töne hinein: Kirchgang oder Sonntagsschule, Familienspaziergang, Sorge um die schönen Kleider. Damit wurden der reine, gute, köstliche Geschmack und Duft ein wenig verfälscht und zersetzt – so, wie wenn zwei gleichzeitig gegessene Speisen, etwa ein Pudding und der Saft dazu, nicht ganz zusammenpaßten, oder wie zuweilen Bonbons oder Backwerk, die man in kleinen Läden geschenkt bekam, einen fatalen leisen Beigeschmack von Käse oder von Erdöl hatten. Man aß sie, und sie waren gut, aber es war nichts Volles und Strahlendes, man mußte ein Auge dabei zudrücken. Nun, so ähnlich war meistens der Sonntag, namentlich wenn ich in die Kirche oder Sonntagsschule gehen mußte, was zum Glück nicht immer der Fall war. Der freie Tag bekam dadurch einen Beigeschmack von Pflicht und von Langeweile. Und bei den Spaziergängen mit der ganzen Familie, wenn sie auch oft schön sein konnten, passierte gewöhnlich irgend etwas, es gab Streit mit den Schwestern, man ging zu rasch oder zu langsam, man brachte Harz an die Kleider; irgendein Haken war meistens dabei.

Nun, das mochte kommen. Mir war wohl. Seit gestern war eine Masse Zeit vergangen. Vergessen hatte ich meine Schandtat nicht, sie fiel mir schon am Morgen wieder ein, aber es war nun so lange her, die Schrecken waren ferngerückt und unwirklich geworden. Ich hatte gestern meine Schuld gebüßt, wenn auch nur durch Gewissensqualen, ich hatte einen bösen, jammervollen Tag durchlitten. Nun war ich wieder zu Vertrauen und Harmlosigkeit geneigt und machte mir wenig Gedanken mehr. Ganz war es ja noch nicht abgetan, es klangen noch ein wenig Drohung und Peinlichkeit nach, so wie in den schönen Sonntag jene kleinen Pflichten und Kümmernisse mit hineinklangen.

Beim Frühstück waren wir alle vergnügt. Es wurde mir die Wahl zwischen Kirche und Sonntagsschule gelassen. Ich zog, wie immer, die Kirche vor. Dort wurde man wenigstens in Ruhe gelassen und konnte seine Gedanken laufen lassen; auch war der hohe, feierliche Raum mit den bunten Fenstern oft schön und ehrwürdig, und wenn man mit eingekniffenen Augen dort das lange dämmernde Schiff gegen die Orgel sah, dann gab es manchmal wundervolle Bilder; die aus dem Finstern ragenden Orgelpfeifen erschienen oft wie eine strahlende Stadt mit hundert Türmen. Auch war es mir oft geglückt, wenn die Kirche nicht voll war, die ganze Stunde ungestört in einem Geschichtenbuch zu lesen.

Heut nahm ich keines mit und dachte auch nicht daran, mich um den Kirchgang zu drücken, wie ich es auch schon getan hatte. So viel klang von gestern abend noch in mir nach, daß ich gute und redliche Vorsätze hatte und gesonnen war, mich mit Gott, Eltern und Welt freundlich und gefügig zu vertragen. Auch mein Zorn gegen Oskar Weber war ganz und gar verflogen. Wenn er gekommen wäre, ich hätte ihn aufs beste aufgenommen.

Der Gottesdienst begann, ich sang die Choralverse mit, es war das Lied »Hirte deiner Schafe«, das wir auch in der Schule auswendig gelernt hatten. Es fiel mir dabei wieder einmal auf, wie ein Liedervers beim Singen, und gar bei dem schleppend langsamen Gesang in der Kirche, ein ganz anderes Gesicht hatte als beim Lesen oder Hersagen. Beim Lesen war so ein Vers ein Ganzes, hatte einen Sinn, bestand aus Sätzen. Beim Singen bestand er nur noch aus Worten, Sätze kamen nicht zustande, Sinn war keiner da, aber dafür gewannen die Worte, die einzelnen, gesungenen, langhin gedehnten Worte, ein sonderbar starkes, unabhängiges Leben, ja, oft waren es nur einzelne Silben, etwas an sich ganz Sinnloses, die im Gesang selbständig wurden und Gestalt annahmen. In dem Vers »Hirte deiner Schafe, der von keinem Schlafe etwas wissen mag« war zum Beispiel heute beim Kirchengesang gar kein Zusammenhang und Sinn, man dachte auch weder an einen Hirten noch an Schafe, man dachte durchaus gar nichts. Aber das war keineswegs langweilig. Einzelne Worte, namentlich das »Schla-afe«, wurden so seltsam voll und schön, man wiegte sich ganz darin, und auch das »mag« tönte geheimnisvoll und schwer, erinnerte an »Magen« und an dunkle, gefühlsreiche, halbbekannte Dinge, die man in sich innen im Leibe hat. Dazu die Orgel!

Und dann kam der Stadtpfarrer und die Predigt, die stets so unbegreiflich lang war, und das seltsame Zuhören, wobei man oft lange Zeit nur den Ton der redenden Stimme glockenhaft schweben hörte, dann wieder einzelne Worte scharf und deutlich samt ihrem Sinn vernahm und ihnen zu folgen bemüht war, solange es ging. Wenn ich nur im Chor hätte sitzen dürfen, statt unter all den Männern auf der Empore. Im Chor, wo ich bei Kirchenkonzerten schon gesessen war, da saß man tief in schweren, isolierten Stühlen, deren jeder ein kleines festes Gebäude war, und über sich hatte man ein sonderbar reizvolles, vielfältiges, netzartiges Gewölbe, und hoch an der Wand war die Bergpredigt in sanften Farben gemalt, und das blaue und rote Gewand des Heilands auf dem blaßblauen Himmel war so zart und beglückend anzusehen.

Manchmal knackte das Kirchengestühl, gegen das ich eine tiefe Abneigung hegte, weil es mit einer gelben, öden Lackfarbe gestrichen war, an der man immer ein wenig klebenblieb. Manchmal summte eine Fliege auf und gegen eines der Fenster, in deren Spitzbogen blaurote Blumen und grüne Sterne gemalt waren. Und unversehens war die Predigt zu Ende, und ich streckte mich vor, um den Pfarrer in seinen engen, dunklen Treppenschlauch verschwinden zu sehen. Man sang wieder, aufatmend und sehr laut, und man stand auf und strömte hinaus; ich warf den mitgebrachten Fünfer in die Opferbüchse, deren blecherner Klang so schlecht in die Feierlichkeit paßte, und ließ mich vom Menschenstrom mit ins Portal ziehen und ins Freie treiben.

Jetzt kam die schönste Zeit des Sonntags, die zwei Stunden zwischen Kirche und Mittagessen. Da hatte man seine Pflicht getan, man war im langen Sitzen auf Bewegung, auf Spiele oder Gänge begierig geworden, oder auf ein Buch, und war völlig frei bis zum Mittag, wo es meistens etwas Gutes gab. Zufrieden schlenderte ich nach Hause, angefüllt mit freundlichen Gedanken und Gesinnungen. Die Welt war in

Ordnung, es ließ sich in ihr leben. Friedfertig trabte ich durch Flur und Treppe hinauf.

In meinem Stübchen schien Sonne. Ich sah nach meinen Raupenkästen, die ich gestern vernachlässigt hatte, fand ein paar neue Puppen, gab den Pflanzen frisches Wasser.

Da ging die Tür.

Ich achtete nicht gleich darauf. Nach einer Minute wurde die Stille mir sonderbar; ich drehte mich um. Da stand mein Vater. Er war blaß und sah gequält aus. Der Gruß blieb mir im Halse stecken. Ich sah: er wußte! Er war da. Das Gericht begann. Nichts war gut geworden, nichts abgebüßt, nichts vergessen! Die Sonne wurde bleich, und der Sonntagmorgen sank welk dahin.

Aus allen Himmeln gerissen starrte ich dem Vater entgegen. Ich haßte ihn, warum war er nicht gestern gekommen? Jetzt war ich auf nichts vorbereitet, hatte nichts bereit, nicht einmal Reue und Schuldgefühl. – Und wozu brauchte er oben in seiner Kommode Feigen zu haben?

Er ging zu meinem Bücherschrank, griff hinter die Bücher und zog einige Feigen hervor. Es waren wenige mehr da. Dazu sah er mich an, mit stummer, peinlicher Frage. Ich konnte nichts sagen. Leid und Trotz würgten mich.

»Was ist denn?« brachte ich dann heraus.

»Woher hast du diese Feigen?« fragte er, mit einer beherrschten, leisen Stimme, die mir bitter verhaßt war.

Ich begann sofort zu reden. Zu lügen. Ich erzählte, daß ich die Feigen bei einem Konditor gekauft hätte, es sei ein ganzer Kranz gewesen. Woher das Geld dazu kam? Das Geld kam aus einer Sparkasse, die ich gemeinsam mit einem Freunde hatte. Da hatten wir beide alles kleine Geld hineingetan, das wir je und je bekamen. Übrigens – hier war die Kasse. Ich holte die Schachtel mit dem Schlitz hervor. Jetzt war bloß noch ein Zehner darin, eben weil wir gestern die Feigen gekauft hatten.

Mein Vater hörte zu, mit einem stillen, beherrschten Gesicht, dem ich nichts glaubte.

»Wieviel haben denn die Feigen gekostet?« fragte er mit der zu leisen Stimme.

»Eine Mark und sechzig.«

»Und wo hast du sie gekauft?«

»Beim Konditor.«

»Bei welchem?«

»Bei Haager.«

Es gab eine Pause. Ich hielt die Geldschachtel noch in frierenden Fingern. Alles an mir war kalt und fror.

Und nun fragte er, mit einer Drohung in der Stimme: »Ist das wahr?«

Ich redete wieder rasch. Ja, natürlich war es wahr, und mein Freund Weber war im Laden gewesen, ich hatte ihn nur begleitet. Das Geld hatte hauptsächlich ihm, dem Weber, gehört, von mir war nur wenig dabei.

»Nimm deine Mütze«, sagte mein Vater, »wir wollen miteinander zum Konditor Haager gehen. Er wird ja wissen, ob es wahr ist.« Ich versuchte zu lächeln. Nun ging mir die Kälte bis in Herz und Magen. Ich ging voran und nahm im Korridor meine blaue Mütze. Der Vater öffnete die Glastür, auch er hatte seinen Hut genommen.

»Noch einen Augenblick!« sagte ich, »ich muß schnell hinausgehen.«

Er nickte. Ich ging auf den Abtritt, schloß zu, war allein, war noch einen Augenblick gesichert. Oh, wenn ich jetzt gestorben wäre!

Ich blieb eine Minute, blieb zwei. Es half nichts. Man starb nicht. Es galt standzuhalten.

Ich schloß auf und kam. Wir gingen die Treppe hinunter.

Als wir eben durchs Haustor gingen, fiel mir etwas Gutes ein, und ich sagte schnell: »Aber heut ist ja Sonntag, da hat der Haager gar nicht offen.«

Das war eine Hoffnung, zwei Sekunden lang. Mein Vater sagte gelassen: »Dann gehen wir zu ihm in die Wohnung. Komm.«

Wir gingen. Ich schob meine Mütze gerade, steckte eine Hand in die Tasche und versuchte neben ihm daherzugehen, als sei nichts Besonderes los. Obwohl ich wußte, daß alle Leute mir ansahen, ich sei ein abgeführter Verbrecher, versuchte ich doch mit tausend Künsten, es zu verheimlichen. Ich bemühte mich, einfach und harmlos zu atmen; es brauchte niemand zu sehen, wie es mir die Brust zusammenzog. Ich war bestrebt, ein argloses Gesicht zu machen, Selbstverständlichkeit und Sicherheit zu heucheln. Ich zog einen Strumpf hoch, ohne daß er es nötig hatte, und lächelte, während ich wußte, daß dies Lächeln furchtbar dumm und künstlich aussehe. In mir innen, in Kehle und Eingeweiden, saß der Teufel und würgte mich.

Wir kamen am Gasthaus vorüber, beim Hufschmied, beim Lohnkutscher, bei der Eisenbahnbrücke. Dort drüben hatte ich gestern abend mit Weber gekämpft. Tat nicht der Riß beim Auge noch weh? Mein Gott! Mein Gott!

Willenlos ging ich weiter, unter Krämpfen um meine Haltung bemüht. An der Adlerscheuer vorbei, die Bahnhofstraße hinaus. Wie war diese Straße gestern noch gut und harmlos gewesen! Nicht denken! Weiter! Weiter!

Wir waren ganz nahe bei Haagers Haus. Ich hatte in diesen paar Minuten einige hundertmal die Szene voraus erlebt, die mich dort erwartete. Nun waren wir da. Nun kam es.

Aber es war mir unmöglich, das auszuhalten. Ich blieb stehen.

»Nun? Was ist?« fragte mein Vater.

»Ich gehe nicht hinein«, sagte ich leise.

Er sah zu mir herab. Er hatte es ja gewußt, von Anfang an. Warum hatte ich ihm das alles vorgespielt und mir so viel Mühe gegeben? Es hatte ja keinen Sinn.

»Hast du die Feigen nicht bei Haager gekauft?« fragte er.

Ich schüttelte den Kopf.

»Ach so«, sagte er mit scheinbarer Ruhe.

»Dann können wir ja wieder nach Hause gehen.«

Er benahm sich anständig, er schonte mich auf der Straße, vor den Leuten. Es waren viele Leute unterwegs, jeden Augenblick wurde mein Vater gegrüßt. Welches Theater! Welche dumme, unsinnige Qual! Ich konnte ihm für diese Schonung nicht dankbar sein.

Er wußte ja alles! Und er ließ mich tanzen, ließ mich meine nutzlosen Kapriolen vollführen, wie man eine gefangene Maus in der Drahtfalle tanzen läßt, ehe man sie ersäuft. Ach, hätte er mir gleich zu Anfang, ohne mich überhaupt zu fragen und zu verhören, mit dem Stock über den Kopf gehauen, das wäre mir im Grunde lieber gewesen als diese Ruhe und Gerechtigkeit, mit der er mich in meinem dummen Lügengespinst einkreiste und langsam erstickte. Überhaupt, vielleicht war es besser, einen groben Vater zu haben als so einen feinen und gerechten. Wenn ein Vater, so wie es in Geschichten und Traktätchen vorkam, im Zorn oder in der Betrunkenheit seine Kinder furchtbar prügelte, so war er eben im Unrecht, und wenn die Prügel auch weh taten, so konnte man doch innerlich die Achseln zucken und ihn verachten. Bei meinem Vater ging das nicht, er war zu fein, zu einwandfrei, er war nie im Unrecht. Ihm gegenüber wurde man immer klein und elend.

Mit zusammengebissenen Zähnen ging ich vor ihm her ins Haus und wieder in mein Zimmer. Er war noch immer ruhig und kühl, vielmehr er stellte sich so, denn in Wahrheit war er, wie ich deutlich spürte, sehr böse. Nun begann er in seiner gewohnten Art zu sprechen.

»Ich möchte nur wissen, wozu diese Komödie dienen soll? Kannst du mir das nicht sagen? Ich wußte ja gleich, daß deine ganze hübsche Geschichte erlogen war. Also wozu die Faxen? Du hältst mich doch nicht im Ernst für so dumm, daß ich sie dir glauben würde?«

Ich biß weiter auf meine Zähne und schluckte. Wenn er doch aufhören wollte! Als ob ich selber gewußt hätte, warum ich ihm diese Geschichte vorlog! Als ob ich selber gewußt hätte, warum ich nicht mein Verbrechen gestehen und um Verzeihung bitten konnte! Als ob ich auch nur gewußt hätte, warum ich diese unseligen Feigen stahl! Hatte ich das denn gewollt, hatte ich es denn mit Überlegung und Wissen und aus Gründen getan?! Tat es mir denn nicht leid? Litt ich denn nicht mehr darunter als er?

Er wartete und machte ein nervöses Gesicht voll mühsamer Geduld. Einen Augenblick lang war mir selbst die Lage vollkommen klar, im Unbewußten, doch hätte ich es nicht wie heut mit Worten sagen können. Es war so: Ich hatte gestohlen, weil ich trostbedürftig in Vaters Zimmer gekommen war und es zu meiner Enttäuschung leer gefunden hatte. Ich hatte nicht stehlen wollen. Ich hatte, als der Vater nicht da war, nur spionieren wollen, mich unter seinen Sachen umsehen, seine Geheimnisse belauschen, etwas über ihn erfahren. So war es. Dann lagen die Feigen da, und ich stahl. Und sofort bereute ich, und den ganzen Tag gestern hatte ich Qual und Verzweiflung gelitten, hatte zu sterben gewünscht, hatte mich verurteilt, hatte neue, gute Vorsätze gefaßt. Heut aber - ja, heut war es nun anders. Ich hatte diese Reue und all das nun ausgekostet, ich war jetzt nüchterner, und ich spürte unerklärliche, aber riesenstarke Widerstände gegen den Vater und gegen alles, was er von mir erwartete und verlangte.

Hätte ich ihm das sagen können, so hätte er

mich verstanden. Aber auch Kinder, so sehr sie den Großen an Klugheit überlegen sind, stehen einsam und ratlos vor dem Schicksal.

Steif vor Trotz und verbissenem Weh schwieg ich weiter, ließ ihn klug reden und sah mit Leid und seltsamer Schadenfreude zu, wie alles schiefging und schlimm und schlimmer wurde, wie er litt und enttäuscht war, wie er vergeblich an alles Bessere in mir appellierte.

Als er fragte: »Also hast du die Feigen gestohlen?«, konnte ich nur nicken. Mehr als ein schwaches Nicken brachte ich auch nicht über mich, als er wissen wollte, ob es mir leid tue. – Wie konnte er, der große, kluge Mann, so unsinnig fragen! Als ob es mir etwa nicht leid getan hätte! Als ob er nicht hätte sehen können, wie mir das Ganze weh tat und das Herz umdrehte! Als ob es mir möglich gewesen wäre, mich etwa gar noch meiner Tat und der elenden Feigen zu freuen!

Vielleicht zum erstenmal in meinem kindlichen Leben empfand ich fast bis zur Schwelle der Einsicht und des Bewußtwerdens, wie namenlos zwei verwandte, gegeneinander wohlgesinnte Menschen sich mißverstehen und quälen und martern können, und wie dann alles

Reden, alles Klugseinwollen, alle Vernunft bloß noch Gift hinzugießen, bloß neue Qualen, neue Stiche, neue Irrtümer schaffen. Wie war das möglich? Aber es war möglich, es geschah. Es war unsinnig, es war toll, es war zum Lachen und zum Verzweifeln – aber es war so.

Genug nun von dieser Geschichte! Es endete damit, daß ich über den Sonntagnachmittag in der Dachkammer eingesperrt wurde. Einen Teil ihrer Schrecken verlor die harte Strafe durch Umstände, welche freilich mein Geheimnis waren. In der dunkeln, unbenutzten Bodenkammer stand nämlich tief verstaubt eine Kiste, halb voll mit alten Büchern, von denen einige keineswegs für Kinder bestimmt waren. Das Licht zum Lesen gewann ich durch das Beiseiteschieben eines Dachziegels.

Am Abend dieses traurigen Sonntags gelang es meinem Vater, kurz vor Schlafengehen mich noch zu einem kurzen Gespräch zu bringen, das uns versöhnte. Als ich im Bett lag, hatte ich die Gewißheit, daß er mir ganz und vollkommen verziehen habe – vollkommener als ich ihm.

(1918)

Der Bettler

Vor Jahrzehnten, wenn ich an die »Geschichte mit dem Bettler« dachte, war sie für mich eine Geschichte, und es schien mir nicht unwahrscheinlich und auch nicht besonders schwierig, daß ich sie eines Tages erzählen würde. Aber daß das Erzählen eine Kunst sei, deren Voraussetzungen uns Heutigen, oder doch mir, fehlen und deren Ausübung darum nur noch das Nachahmen überkommener Formen sein kann, ist mir inzwischen immer klarer geworden, wie denn ja unsre ganze Literatur, soweit sie von den Autoren ernst gemeint und wirklich verantwortet wird, immer schwieriger, fragwürdiger und dennoch waghalsiger geworden ist. Denn keiner von uns Literaten weiß heute, wie weit sein Menschentum und Weltbild, seine Sprache, seine Art von Glauben und Verantwortung, seine Art von Gewissen und Problematik den anderen, den Lesern und auch den Kollegen, vertraut und verwandt, erfaßbar und verständlich ist. Wir sprechen zu Menschen, die wir wenig kennen und von denen wir wissen, daß sie unsre Worte und Zeichen schon wie eine Fremdsprache lesen, mit Eifer und Genuß vielleicht, aber mit sehr ungefährem Verständnis, während die Struktur und Begriffswelt einer politischen Zeitung, eines Filmes, eines Sportberichts ihnen weit selbstverständlicher, zuverlässiger und lückenloser zugänglich sind.

So schreibe ich diese Blätter, welche ursprünglich nur die Erzählung einer kleinen Erinnerung aus meiner Kinderzeit sein sollten, nicht für meine Söhne oder Enkel, die wenig mit ihnen anfangen könnten, noch für irgendwelche andere Leser, wenn nicht etwa die paar Menschen, deren Kinderzeit und Kinderwelt ungefähr dieselbe wie die meine gewesen ist, und die zwar nicht den Kern dieser nicht erzählbaren Geschichte (der mein persönliches Erlebnis ist), doch aber wenigstens die Bilder, den Hintergrund, die Kulissen und Kostüme der Szene wiedererkennen werden.

Aber nein, auch an sie wendet meine Aufzeichnung sich nicht, und auch das Vorhandensein dieser einigermaßen Vorbereiteten und Eingeweihten vermag meine Blätter nicht zur Erzählung zu erheben, denn Kulissen und Kostüme machen noch längst keine Geschichte aus. Ich schreibe also meine leeren Blätter mit Buchstaben voll, nicht in der Absicht und Hoffnung, damit jemanden zu erreichen, dem sie Ähnliches wie mir bedeuten könnten, sondern aus dem bekannten, wenn auch nicht erklärbaren Trieb zu einsamer Arbeit, einsamem Spiel, dem der Künstler gehorcht wie einem Naturtrieb, obwohl er gerade den sogenannten Naturtrieben zuwiderläuft, wie sie heute von der Volksmeinung oder der Psychologie oder der Medizin definiert werden. Wir stehen ja an einem Ort, einer Strecke oder Biegung des Menschenweges, zu dessen Kennzeichen auch das gehört, daß wir über den Menschen nichts mehr wissen, weil wir uns zuviel mit ihm beschäftigt haben, weil zuviel Material über ihn vorliegt, weil eine Anthropologie, eine Kunde vom Menschen, einen Mut zur Vereinfachung voraussetzt, den wir nicht aufbringen. So wie die erfolgreichsten und modernsten theologischen Systeme dieser Zeit nichts so sehr betonen als die völlige Unmöglichkeit irgendeines Wissens über Gott, so hütet sich unsere Menschenkunde ängstlich, über das Wesen des Menschen irgend etwas wissen und aussagen zu wollen. Es geht also den modern eingestellten Theologen und Psychologen ganz ebenso wie uns Literaten: die Grundlagen fehlen, es ist alles fragwürdig und zweifelhaft geworden, alles relativiert und durchwühlt, und dennoch besteht jener Trieb zu Arbeit und Spiel ungebrochen fort, und wie wir Künstler, so bemühen sich auch die Männer der Wissenschaft eifrig weiter, ihre Beobachtungswerkzeuge und ihre Sprache zu verfeinern und dem Nichts oder Chaos wenigstens einige sorgfältig beobachtete und beschriebene Aspekte abzugewinnen.

Nun, möge man dies alles als Zeichen des Untergangs oder als Krise und notwendige Durchgangsstation ansehen – da jener Trieb in uns fortbesteht und da wir, indem wir ihm folgen und unsre einsamen Spiele trotz aller Fragwürdigkeit auch unter allen Erschwerungen weitertreiben, ein zwar einsames und melancholisches, aber doch ein Vergnügen empfinden, ein kleines Mehr an Lebensgefühl oder an Rechtfertigung, haben wir uns nicht zu beklagen, obwohl wir jene unsrer Kollegen recht wohl verstehen, welche, des einsamen Treibens müde, der Sehnsucht nach Gemeinschaft, nach Ordnung, Klarheit und Einfügung nachgeben und sich der Zuflucht anvertrauen, welche als Kirche und Religion oder als deren moderner Ersatz sich anbietet. Wir Einzelgänger und störrischen Nichtkonvertiten haben an unserer Vereinsamung nicht nur einen Fluch, eine Strafe zu tragen, sondern haben in ihr auch trotz allem eine Art von Lebensmöglichkeit, und das heißt für den Künstler Schaffensmöglichkeit.

Was mich betrifft, so ist meine Einsamkeit zwar nahezu vollkommen, und was an Kritik oder Anerkennung, an Anfeindung oder Duzbrüderschaft aus dem Kreise der mir durch die Sprache Verbundenen an mich gelangt, trifft zumeist an mir vorbei, so wie einem dem Tode nahen Kranken etwa die Wünsche besuchender Freunde für Genesung und langes Leben am Ohr vorbei tönen mögen. Aber diese Einsamkeit, dies Herausgefallensein aus den Ordnungen und Gemeinschaften und dies Sichnichtanpassenwollen oder -können an eine vereinfachte Daseinsform und Lebenstechnik bedeutet darum noch lange nicht Hölle und Verzweiflung. Meine Einsamkeit ist weder eng noch ist sie leer, sie erlaubt mir zwar das Mitleben in einer der heute gültigen Daseinsformen nicht, erleichtert mir aber zum Beispiel das

Mitleben in hundert Daseinsformen der Vergangenheit, vielleicht auch der Zukunft, es hat ein unendlich großes Stück Welt in ihr Raum. Und vor allem ist diese Einsamkeit nicht leer. Sie ist voll von Bildern. Sie ist eine Schatzkammer von angeeigneten Gütern, ichgewordener Vergangenheit, assimilierter Natur. Und wenn der Trieb zum Arbeiten und Spielen noch immer ein wenig Kraft in mir hat, so ist es dieser Bilder wegen. Eines dieser tausend Bilder festzuhalten, auszuführen, aufzuzeichnen, ein Gedenkblatt mehr zu so vielen andern zu fügen, ist zwar mit den Jahren immer schwieriger und mühevoller geworden, aber nicht weniger lockend. Und besonders lockend ist der Versuch des Aufzeichnens und Fixierens bei jenen Bildern, die aus den Anfängen meines Lebens stammen, die, von Millionen späterer Eindrücke und Erlebnisse überdeckt, dennoch Farbe und Licht bewahrt haben. Es wurden ja diese frühen Bilder in einer Zeit empfangen, in der ich noch ein Mensch, ein Sohn, ein Bruder, ein Kind Gottes war und noch nicht ein Bündel von Trieben, Reaktionen und Beziehungen, noch nicht der Mensch des heutigen Weltbildes.

Ich versuche die Zeit, den Schauplatz und die Personen der kleinen Szene festzustellen. Nicht alles ist genau nachweisbar, nicht zum Beispiel das Jahr und die Jahreszeit, auch nicht ganz genau die Zahl der miterlebenden Personen. Es ist ein Nachmittag wahrscheinlich im Frühling oder Sommer, und ich war damals zwischen fünf und sieben, mein Vater zwischen fünfunddreißig und siebenunddreißig Jahre alt. Es war ein Spaziergang des Vaters mit den Kindern, die Personen waren: der Vater, meine Schwester Adele, ich, möglicherweise auch meine jüngere Schwester Marulla, was nicht mehr nachweisbar ist, ferner hatten wir den Kinderwagen mit, in dem wir entweder eben diese jüngere Schwester oder aber, wahrscheinlicher, unsern jüngsten Bruder Hans mitführten, der noch nicht der Sprache und des Gehens mächtig war. Schauplatz des Spaziergangs waren die paar Straßen des äußeren Spalenquartiers im Basel der achtziger Jahre, zwischen denen unsre Wohnung lag, nahe dem Schützenhaus im Spalenringweg, der damals noch nicht seine spätere Breite hatte, denn zwei Drittel von ihr nahm die ins Elsaß führende Eisenbahnlinie ein. Es war eine kleinbürgerliche, heitere und ruhige Stadtgegend, am äußersten Rande des damaligen Basel, ein paar hundert Schritte weiter lag schon die damals endlose Prärie der Schützenmatte, der Steinbruch und erste Bauernhöfe am Wege nach Allschwil, wo wir Kinder manchmal in einem der dunklen warmen Ställe die Milch frisch von der Kuh zu trinken bekamen und von wo wir ein Körbchen Eier mit nach Hause trugen, ängstlich und stolz darauf, daß uns dies anvertraut wurde. Es wohnten harmlose Bürgersleute um uns herum, einige wenige Handwerker, meistens aber Leute, die in die Stadt zu ihrer Arbeit gingen und feierabends in den Fenstern lagen und Pfeifen rauchten oder in den kleinen Gärtchen vor ihren Häusern mit Rasen und Kies sich zu schaffen machten. Einigen Lärm machte die Eisenbahn, und zu fürchten waren die Bahnwärter, die am Bahnübergang zwischen Austraße und Allschwiler Straße in einer Bretterhütte mit winzigem Fensterchen hausten und wie die Teufel herbeigestürzt kamen, wenn wir einen hineingefallenen Ball oder Hut oder Pfeil aus dem Graben retten wollten, der die Bahnlinie von der Straße trennte und den zu betreten niemand das Recht hatte als eben jene Wärter, die wir fürchteten und an denen nichts mir gefiel als das allerdings entzückende, messingene Hörnchen, das sie an einem Bandelier über die Schulter hängen hatten und auf dem sie, obwohl es nur einen einzigen Ton hatte, alle Stufen ihrer jeweiligen Aufregung oder Schläfrigkeit auszudrücken vermochten. Übrigens war dennoch einmal einer dieser Männer, die für mich die ersten Vertreter der Macht, des Staates, des Gesetzes und der Polizeigewalt waren, überraschenderweise sehr menschlich und nett mit mir gewesen; er hatte mich, der ich mit Peitsche und Kreisel auf der sonnigen Straße beschäftigt war, herbeigewinkt, hatte mir ein Geldstück in die Hand gegeben und mich freundlich gebeten, ihm aus dem nächsten Laden einen Limburger Käse zu holen. Ich gehorchte ihm freudig, bekam im Laden den Käse eingewickelt und überreicht, dessen Konsistenz und Geruch mir allerdings unheimlich und verdächtig waren, kehrte mit dem Päckchen und dem Überrest des Geldes zurück und wurde zu meiner großen Genugtuung vom Bahnwärter im Innern seiner Hütte erwartet, das ich zu sehen längst begierig gewesen war und nun betreten durfte. Es enthielt jedoch außer dem schönen gelben Hörnchen, das zur Zeit an einem Wandnagel hing, und dem daneben an die Bretterwand gehefteten, aus einer Zeitung geschnittenen Bildnis eines schnurrbärtigen Mannes in Uniform keine Kostbarkeiten. Leider endete mein Besuch bei Gesetz und Staatsgewalt schließlich doch mit einer Enttäuschung und Verlegenheit, die mir äußerst peinlich gewesen sein muß, da ich sie nicht vergessen konnte. Der heute so gutgelaunte und freundliche Wärter wollte, nachdem er Käse und Geld in Empfang genommen hatte, mich nicht ohne Dank und Lohn entlassen, er holte aus einer schmalen Sitztruhe ein Laibchen Brot heraus, schnitt ein Stück ab, schnitt auch vom Käse ein tüchtiges Stück und legte oder klebte es auf das Brot, das er mir darreichte und das er mir mit Appetit zu essen empfahl. Ich wollte mich samt dem Brote aus dem Staube machen und dachte es wegzuwerfen, sobald ich den Augen des Spenders entronnen sein würde. Aber er witterte, wie es schien, meine Absicht, oder er wollte nun einmal gern bei seinem Imbiß einen Kameraden haben; er machte große und, wie mir scheinen wollte, drohende Augen und bestand darauf, daß ich gleich hier hineinbeiße. Ich hatte mich artig bedanken und in Sicherheit bringen wollen, denn ich begriff sehr wohl, allzu wohl, daß er mein Verschmähen seiner Gabe und gar meinen Widerwillen gegen die von ihm geliebte Speise als Beleidigung empfinden würde. Und so war es auch. Ich stammelte erschrocken und unglücklich irgend etwas Unbedachtes heraus, legte das Brot auf den Truhenrand, drehte mich um und ging drei, vier Schritte von dem Manne weg, den ich nicht mehr anzusehen wagte, dann schlug ich meinen schnellsten Trab ein und entfloh nach Hause.

Die Begegnungen mit den Wärtern, den Vertretern der Macht, waren in unsrer Nachbarschaft, in der kleinen heiteren Welt, in der ich lebte, das einzige Unvertraute, das einzige Loch und Fenster nach den Dunkelheiten, Abgründen und Gefahren hin, deren Vorhandensein in der Welt mir schon damals nicht mehr unbekannt war. Zum Beispiel hatte ich einmal aus einer Schenke weiter innen in der Stadt das Gegröle betrunkener Zecher vernommen, hatte einmal einen Menschen mit zerrissener Jacke von zwei Polizisten abführen sehen und ein andermal in der abendlichen Spalenvorstadt die teils schrecklich eindeutigen, teils ebenso schrecklich rätselhaften Geräusche einer Schlägerei zwischen Männern mit angehört und mich dabei so gefürchtet, daß unsre Magd Anna, die mich begleitete, mich eine Strecke weit auf den Arm nehmen mußte. Und dann gab es noch etwas, was mir unstreitig böse, scheußlich und durchaus diabolisch vorkam, es war der fatale Geruch im Umkreis einer Fabrik, an der ich mit älteren Kameraden mehrere Male vorbeigekommen war und deren Dunstkreis eine bestimmte Art von Ekel, Beklemmung, Empörung und tiefer Furcht in mir wachrief, welche auf irgendeine wunderliche Weise mit dem Gefühl verwandt war, das Bahnwärter und Polizei mir verursachten, einem Gefühl, an dem außer der bangen Empfindung von Gewalterleiden und Machtlosigkeit auch noch ein Zuschuß oder Unterton von schlechtem Gewissen teilhatte. Denn zwar hatte ich in Wirklichkeit noch nie eine Begegnung mit der Polizei erlebt und ihre Gewalt zu spüren bekommen, aber oft hatte ich von Dienstboten oder Kameraden die geheimnisvolle Drohung gehört: »Wart, ich hole die Polizei«, und ebenso wie bei den Konflikten mit den Bahnwärtern war da jedesmal irgend etwas wie eine Schuld auf meiner Seite, die Übertretung eines mir bekannten oder auch nur geahnten und imaginierten Gesetzes vorgelegen. Aber jene Unheimlichkeiten, jene Eindrücke, Töne und Gerüche hatten mich weit von Hause erreicht, im Innern der Stadt, wo es ohnehin lärmig und aufregend, wenn auch freilich höchst interessant zuging. Unsere stille und saubere Kleinwelt vorstädtischer Wohnstraßen mit ihren Gärtchen an der Front und ihren Wäscheleinen an der Rückseite war arm an Eindrücken und Mahnungen dieser Art, sie begünstigte eher den Glauben an eine wohlgeordnete, freundliche und arglose Menschheit, um so mehr als zwischen diesen Angestellten, Handwerkern und Rentnern da und dort auch Kollegen meines Vaters oder Freundinnen meiner Mutter wohnten, Leute, die mit der Heidenmission zu tun hatten, Missionare im Ruhestand, Missionare auf Urlaub, Missionarswitwen, deren Kinder die Schulen des Missionshauses besuchten, lauter fromme, freundliche, aus Afrika, Indien und China heimgekehrte Leute, die ich zwar keineswegs in meiner Einteilung der Welt an Rang und Würde meinem

Vater gleichstellen konnte, die aber ein ähnliches Leben führten wie er und die sich untereinander mit Du und Bruder oder Schwester anredeten.

Damit bin ich denn bei den Personen meiner Geschichte angelangt, deren es drei Hauptpersonen: mein Vater, ein Bettler und ich, und zwei bis drei Nebenpersonen sind, nämlich meine Schwester Adele, möglicherweise auch meine zweite Schwester und der von uns im Wagen geschobene kleine Bruder Hans. Über ihn habe ich ein anderes, früheres Mal schon Erinnerungen aufgeschrieben; bei diesem Basler Spaziergang war er nicht Mitspieler oder Miterlebender, sondern nur eben die kleine, der Rede noch unmächtige, von uns sehr geliebte Kostbarkeit im Kinderwagen, den zu schieben wir alle als ein Vergnügen und eine Auszeichnung betrachteten, den Vater nicht ausgenommen. Auch Schwester Marulla, sofern sie überhaupt an jenem Nachmittag mit an unsrem Spaziergang teilnahm, kommt als Mitspielerin nicht eigentlich in Betracht, auch sie war noch zu klein. Immerhin mußte sie erwähnt werden, wenn auch nur die Möglichkeit bestand, daß sie uns damals begleitete, und mit ihrem Namen Marulla, der noch mehr als der ebenfalls in unsrer Umgebung kaum bekannte Name Adele als fremd und wunderlich auffiel, ist auch etwas von der Atmosphäre und dem Kolorit unsrer Familie gegeben. Denn Marulla war eine aus dem Russischen stammende Koseform von Maria und drückte, neben vielen anderen Kennzeichen, etwas vom Wesen der Fremdheit und Einmaligkeit unsrer Familie und ihrer Nationenmischung aus. Unser Vater war zwar gleich der Mutter, dem Großvater und der Großmutter in Indien gewesen, hatte dort ein wenig Indisch gelernt und im Dienst der Mission seine Gesundheit eingebüßt, aber das war in unsrem Milieu so wenig besonders und auffallend, wie wenn wir eine Familie von Seefahrern in einer Hafenstadt gewesen wären. In Indien, am Äquator, bei fremden dunkeln Völkern und an fernen Palmenküsten waren auch alle die andern »Brüder« und »Schwestern« von der Mission gewesen, auch sie konnten das Vaterunser in einigen fremden Sprachen sprechen, hatten lange Seereisen und lange, von uns Kindern trotz ihrer großen Mühsal höchst beneidete Landreisen auf Eseln oder Ochsenkarren gemacht und konnten zu den wunderbaren

Sammlungen des Missionsmuseums genaue und zuweilen abenteuerreiche Erzählungen und Erklärungen geben, wenn wir dies Museum im Erdgeschoß des Missionshauses unter ihrer Führung besuchen durften.

Aber ob Indien oder China, Kamerun oder Bengalen, die andern Missionare und ihre Frauen waren zwar weit herumgekommen, schließlich waren sie aber doch beinahe alle entweder Schwaben oder Schweizer, es fiel schon auf, wenn einmal ein Bayer oder Österreicher sich unter sie verirrt hatte. Unser Vater aber, der seine kleine Tochter Marulla rief, kam aus einer fremderen, unbekannteren Ferne, er kam aus Rußland, er war ein Balte, ein Deutschrusse, und hat bis zu seinem Tode von den Mundarten, die um ihn herum und auch von seiner Frau und seinen Kindern gesprochen wurden, nichts angenommen, sondern sprach in unser Schwäbisch und Schweizerdeutsch hinein sein reines, gepflegtes, schönes Hochdeutsch. Dieses Hochdeutsch, obwohl es für manche Einheimische unser Haus an Vertraulichkeit und Behagen einbüßen ließ, liebten wir sehr und waren stolz darauf, wir liebten es ebenso wie die schlanke, gebrechlich zarte Gestalt, die hohe edle Stirn und den reinen, oft leidenden, aber stets offenen, wahrhaftigen und zu gutem Benehmen und Ritterlichkeit verpflichtenden, an das Bessere im andern appellierenden Blick des Vaters. Es war, das wußten seine wenigen Freunde, und das wußten schon sehr früh wir Kinder, nicht ein Allerweltsmann, sondern ein Fremdling, ein edler und seltener Schmetterling oder Vogel aus anderen Zonen zu uns verflogen, durch seine Zartheit und sein Leiden und nicht minder durch ein verschwiegenes Heimweh ausgezeichnet und isoliert. Wenn wir die Mutter mit einer natürlichen, auf Nähe, Wärme und Gemeinschaft gegründeten Zärtlichkeit liebten, so liebten wir den Vater mit einem leisen Beiklang von Ehrfurcht, von Scheu, von einer Bewunderung, wie sie die Jugend nicht für das Eigene und Heimatliche, sondern nur für das Fremde hat.

Sei das Bemühen um Wahrheit noch so enttäuschend, sei es noch so illusorisch, es ist dies Bemühen ebenso wie das Streben nach Form und Schönheit dennoch unentbehrlich bei Aufzeichnungen dieser Art, welche sonst auf keinerlei Wert Anspruch machen könnten. Es mag recht wohl sein, daß mein Bemühen um Wahrheit mich zwar der Wahrheit nicht näher führt, aber es wird, auf diese oder jene mir selbst vielleicht nicht erkennbare Weise dennoch nicht völlig vergeblich sein. So war ich, als ich die ersten Zeilen dieses Berichtes schrieb, der Meinung, es wäre einfacher und könne nichts schaden, wenn ich Marulla überhaupt nicht erwähnen würde, da es ja höchst zweifelhaft war, ob sie in diese Geschichte hineingehöre. Aber siehe, sie war eben doch nötig, schon ihres Namens wegen. Es hat schon mancher Schreiber oder Künstler sich in einem Werke um dies oder jenes ihm teure Ziel treulich und geduldig bemüht und hat zwar nicht dieses Ziel, wohl aber andere Ziele und Wirkungen erreicht, die ihm gar nicht oder doch weit weniger bewußt und wichtig waren. Man könnte sich etwa recht wohl denken, daß Adalbert Stifter in seinem »Nachsommer« nichts so ernst und heilig genommen, nichts so geduldig und treulich angestrebt habe wie gerade das, was uns an diesem Werke heute langweilig ist. Und dennoch wäre das andere, der neben und trotz der Langeweile vorhandene, der die Langeweile weit überstrahlende hohe Wert dieses Werkes nicht zustande gekommen ohne dies Bemühen, diese

Treue und Geduld, diesen Kampf um das dem Schreibenden so Wichtige. So muß auch ich mich bemühen, so viel Wahrheit einzufangen als irgend möglich ist. Dazu gehört unter anderem, daß ich versuchen muß, meinen Vater noch einmal so zu sehen, wie er an jenem Tag unsres Spazierganges wirklich war, denn das Ganze seiner Persönlichkeit war ja meinem Kinderblick längst nicht übersehbar, ist es auch heute kaum, sondern ich muß versuchen, ihn noch einmal so zu sehen, wie ich ihn als Knabe an jenen Tagen sah. Ich sah ihn als etwas nahezu Vollkommenes und Unnachahmliches, als eine Gestalt gewordene Reinheit und Würde der Seele, als einen Kämpfer, Ritter und Dulder, dessen Überlegenheit durch seine Fremdheit, seine Heimatlosigkeit, seine leibliche Zartheit gemildert und der wärmsten Liebe und Zärtlichkeit zugänglich wurde. Irgendeinen Zweifel an ihm, irgendeine Kritik an ihm kannte ich nicht, damals noch nicht, wenn auch Konflikte mit ihm mir leider nichts Unbekanntes waren. Aber bei diesen Konflikten stand er mir zwar als Richter, Warner, Bestrafer oder Verzeihender gegenüber, zu meiner Not und Beschämung, aber stets war er es, der recht hatte, stets fand ich Tadel oder Strafe durch mein eigenes Wissen bestätigt und anerkannt, noch war ich nie in Gegensatz oder Kampf mit ihm und seiner Gerechtigkeit und Tugend geraten, dazu führten erst viel spätere Konflikte. Zu keinem andern Menschen, er möge mir noch so sehr überlegen gewesen sein, habe ich dies Verhältnis einer natürlichen, durch Liebe des Stachels beraubten Unterordnung je wieder gehabt, oder wenn ich, wie etwa bei meinem Göppinger Lehrer, ein ähnliches Verhältnis einmal wiederfand, so war es nicht auf lange Dauer und stellte sich mir später beim Rückblick deutlich als eine Wiederholung, als ein Zurückbegehren in jenes Vater-Sohn-Verhältnis dar.

Was ich von unsrem Vater damals wußte, war großenteils aus seinen eigenen Erzählungen gespeist. Er, der im übrigen keine Künstlernatur und an Phantasie und Temperament weniger reich war als unsre Mutter, fand ein Vergnügen und erwarb eine gewisse Künstlerschaft darin, von Indien oder von seiner Heimat zu erzählen, von den großen Zeiten seines Lebens. Vor allem war es seine Kindheit in Estland, das Leben in seinem Vaterhaus und auf den Landgütern, mit Reisen im Planwagen und Besuchen an der See, wovon er uns nicht genug erzählen konnte. Eine überaus heitere, bei aller Christlichkeit sehr lebensfrohe Welt tat sich da vor uns auf, nichts wünschten wir sehnlicher, als auch einmal dies Estland und Livland zu sehen, wo das Leben so paradiesisch, so bunt und lustig war. Wir hatten Basel, das Spalenquartier, das Missionshaus, unsern Müllerweg und die Nachbarn und Kameraden recht gern, aber wo wurde man hier auf weit entfernte Güter eingeladen, mit Bergen von Kuchen und Körben voll Obst bewirtet, auf junge Pferdchen gesetzt, in Planwagen weit über Land gefahren? Einiges von jenem baltischen Leben und seinen Gebräuchen hatte der Vater auch hier einführen können, es gab bei uns Worte wie Marulla, es gab einen Samowar, ein Bild des Zaren Alexander, und es gab einige aus des Vaters Heimat stammende Spiele, die er uns gelehrt hatte, vor allem das österliche Eierrollen, zu dem wir etwa auch ein Nachbarkind mitbringen durften, um ihm mit diesen Sitten und Gebräuchen Eindruck zu machen. Aber es war wenig, was Vater hier in der Fremde seiner Jugendheimat anzugleichen vermocht hatte, auch der Samowar stand am Ende mehr wie ein Museumsstück da, als daß er benutzt wurde, und so waren es die Erzählungen vom russischen Vaterhaus, von Weißenstein, Reval und Dorpat, vom heimatlichen Garten, von den Festen und Reisen, in denen der Vater nicht nur sich selber des Geliebten und Entbehrten wieder erinnerte, sondern auch in uns Kindern ein kleines Estland anbaute und die ihm teuren Bilder auch in unsre Seelen senkte.

Damit, mit diesem gewissen Kult, den er seiner Heimat und ersten Jugend widmete, mochte es auch zusammenhängen, daß er ein ganz ausgezeichneter Spieler, Spielkamerad und Spiellehrer geworden war. In keinem Hause, das wir kannten, wurden so zahlreiche Spiele gekannt und gekonnt, wurden ihnen so viele und witzige Variationen ersonnen, wurden so viele neue Spiele erfunden. An dem Geheimnis, daß unser Vater, der Ernste, der Gerechte, der Fromme, uns nicht entschwand und zur Altarfigur wurde, daß er trotz aller Ehrfurcht durchaus ein Mensch und unsrem Kindersinn nah und erreichbar blieb, daran hatte sein Spieltalent großen Anteil, ebenso großen wie seine Schilderungen und Geschichten. Für mich, das Kind, war natürlich all das, was ich heute über die biographische und die psychologische Deutung dieser Spielfreude vermute, nicht vorhanden. Vorhanden und lebendig wirksam war für uns Kinder nur dieser sein Kult der Spiele selbst, und er hat nicht nur in unsrer Erinnerung seinen Platz, er ist auch literarisch dokumentiert: unser Vater hat bald nach der Zeit, von der hier die Rede ist, ein volkstümliches Spielbüchlein mit dem Titel »Das Spiel im häuslichen Kreise« geschrieben, das im Verlag unsres Onkels Gundert in Stuttgart erschienen ist. Bis ins Alter und bis in die Jahre der Blindheit hinein blieb die Begabung zum Spielen ihm treu. Wir Kinder wußten es nicht anders und hielten es für selbstverständlich, zum Charakter und zu den Funktionen eines Vaters gehörig: wären wir mit dem Vater auf eine wilde Insel verschlagen oder in den Kerker geworfen worden oder, in Wäldern verirrt, in der Zuflucht einer Höhle gelandet, so wären zwar vielleicht Not und Hunger, gewiß aber nicht Leere und Langeweile zu fürchten gewesen, Vater hätte Spiel um Spiel für uns erfunden, und dies auch noch, wenn wir in Fesseln oder im Dunkeln hätten weilen müssen, denn gerade die Spiele, zu denen es keines Apparates bedurfte, waren ihm die liebsten, zum Beispiel Rätselraten, Rätselerfinden, mit Worten spielen, Gedächtnisübungen anstellen. Und bei den Spielen, bei welchen Spielzeug und Hilfsmittel nicht entbehrlich waren, hat er stets Freude am Einfachsten und Selbstgefertigten und eine Abneigung gegen das von der Industrie Gemachte und im Laden Gekaufte gehabt. Viele Jahre lang haben wir Brettspiele wie Go Bang oder Halma auf Brettern und mit Figuren gespielt, die er selbst angefertigt und bemalt hatte.

Übrigens ist dieser sein Hang zum Zusammensein, zur Geselligkeit im Schutz und unter dem sanften Zwang von Spielregeln später auch bei einem seiner Kinder, seinem jüngsten, zu einem Kennzeichen und Charakterzug geworden: Bruder Hans war darin dem Vater ähnlich, daß auch er im Umgang und Spiel mit Kindern seine beste Erholung, seine Freude und einen Ersatz für vieles fand, was ihm das Leben vorenthielt. Er, der schüchterne und zuzeiten etwas ängstliche Hans blühte, sobald er mit Kindern allein gelassen, sobald ihm Kinder anvertraut wurden, zu allen Gipfeln seiner

Phantasie und Lebensfreude empor, entzückte und bezauberte die Kinder und versetzte sich selbst in einen paradiesischen Zustand von Gelöstheit und Glück, in dem er unwiderstehlich liebenswürdig war und von dem nach seinem Tode selbst nüchterne und kritische Augenzeugen mit einer betonten Wärme sprachen.

Vater also führte uns spazieren. Er war es, der den Kinderwagen die größte Strecke schob, obwohl er keineswegs rüstig war. Im Wagen lag, lächelnd und ins Licht staunend, der kleine Hans, Adele ging an Vaters Seite, während ich mich dem gemessenen Andante des Spazierschrittes weniger anzupassen vermochte und bald voraus lief, bald einer interessanten Entdeckung wegen zurückblieb und darum bettelte, den Wagen schieben zu dürfen, bald mich ohne Rücksicht auf seine Ermüdbarkeit an Vaters Arm oder Rock klammerte und ihn mit Fragen bestürmte. Was auf jenem Spaziergang, einem von tausend ähnlichen, gesprochen wurde, davon ist mir nichts im Gedächtnis geblieben. Geblieben ist mir, und auch Adelen, von diesem Tag und Spaziergang nichts als das Erlebnis mit dem Bettler. Im Bilderbuch meiner frühen Erinnerungen gehört es zu den eindrücklichsten und anregendsten Bildern, anregend zu Gedanken und Grübeleien verschiedenster Art, wie es denn noch heute, wohl fünfundsechzig Jahre später, mich zu diesen Gedanken angeregt und zu der Bemühung mit diesen Aufzeichnungen gezwungen hat.

Wir wandelten gemächlich dahin, die Sonne schien und malte neben jede der in Kugelform geschnittenen Akazien des Weges ihren Schatten, was den Eindruck von Pedanterie, Regelmäßigkeit und Linealästhetik noch verstärkte, den diese Pflanzung mir immer machte. Es geschah nichts als das Gewohnte und Alltägliche: daß ein Briefträger den Vater grüßte und ein vierspänniger Bierbrauerwagen mit schweren, schönen Rossen beim Bahnübergang warten mußte und uns Zeit ließ, die herrlichen Tiere zu bestaunen, die einen ansehen konnten, als wollten sie Gruß und Rede mit uns tauschen, und an denen mir nur das Geheimnis unheimlich war, daß ihre Füße es ertrugen, wie Holz gehobelt und mit diesen klobigen Eisen beschlagen zu werden. Aber als wir schon uns wieder unsrer Straße näherten, geschah doch noch etwas Neues und Besonderes.

Es kam uns ein Mann entgegen, der ein wenig mitleiderregend und ein wenig ungut aussah, ein noch ziemlich junger Mensch mit einem bärtigen, vielmehr seit langer Zeit unrasierten Gesicht, zwischen dem dunklen Haar und Bartwuchs waren Wangen und Lippen von lebhaftem Rot, die Kleidung und Haltung des Mannes hatte etwas Verwahrlostes und Verwildertes, sie machte uns ebenso bange wie neugierig, gern hätte ich mir diesen Mann genauer betrachtet und etwas über ihn erfahren. Er gehörte, das sah ich beim ersten Blick, zu der geheimnisvollen und abgründigen Seite der Welt, er mochte einer von jenen rätselhaften und gefährlichen, aber nicht minder unglücklichen und schwierigen Menschen sein, von denen man gelegentlich als von Herumtreibern, Vaganten, Bettlervolk, Trinkern, Verbrechern sprechen hörte, in Gesprächen der Erwachsenen, welche sofort unterbrochen oder zum Flüstern gedämpft wurden, wenn man bemerkte, daß eins von uns Kindern zuhörte. So klein ich war, so hatte ich doch für eben jene drohende und beklemmende Seite der Welt nicht nur die natürliche, knabenhafte Neugierde, sondern, so glaube ich heute, ich ahnte auch schon etwas davon, daß diese wunderbar zwielichtigen, ebenso armen wie gefährlichen, ebenso Abwehr wie Brudergefühle aufrufenden Erscheinungen, diese Zerlumpten, Verwahrlosten und Entgleisten ebenso »richtig« und gültig, daß ihr Dasein in der Mythologie durchaus notwendig, daß im großen Weltspiel der Bettler so unentbehrlich sei wie der König, der Abgerissene ebensoviel gelte wie der Mächtige und Uniformierte. So sah ich denn mit einem Schauder, an dem Entzücken und Furcht gleichen Anteil hatten, den zottigen Mann uns entgegenkommen und seine Schritte auf uns zulenken, sah ihn die etwas scheuen Augen auf unsern Vater richten und mit halbgezogener Mütze vor ihm stehenbleiben.

Artig erwiderte Vater seinen gemurmelten Gruß, und mit der größten Spannung sah ich, während der Kleine im Wägelchen beim Halten erwachte und langsam die Augen auftat, der Szene zwischen den beiden einander scheinbar so sehr fremden Männern zu. Stärker noch, als es auch sonst schon des öftern geschah, empfand ich die Mundart des einen und die gepflegte, genau akzentuierende Sprache des andern als Ausdruck eines innern Gegensatzes, als Sichtbarwerden einer zwischen dem Vater und seiner Umwelt bestehenden Scheidewand. Andrerseits war es aufregend und hübsch, zu sehen, wie der Angesprochene den Bettler so höflich und ohne Ablehnung oder Zurückzucken empfing und als Menschenbruder anerkannte. Der Unbekannte versuchte nun, nachdem die paar ersten Worte getauscht waren, das Herz des Vaters, in dem er einen gutmütigen und vielleicht leicht zu rührenden Menschen vermuten mochte, mit einer Schilderung seiner Armut, seines Hungers und Elendes zu bestürmen, es kam etwas Singendes und Beschwörendes in seine Redeweise, als klage er dem Himmel seine Not: kein Stückchen Brot habe er, kein Dach überm Kopf, keine ganzen Schuhe mehr, es sei ein Elend, er wisse nicht mehr, wohin sich wenden, und er bitte inständig um ein wenig Geld, es sei schon lang keines mehr in seiner Tasche gewesen. Er sagte nicht Tasche, sondern Sack, während mein Vater in seiner Antwort den Ausdruck Tasche vorzog. Ich verstand übrigens mehr die Musik und Mimik des Auftrittes, von den Worten nur wenige.

Schwester Adele, zwei Jahre älter als ich,

war nun in einer Hinsicht über Vater besser unterrichtet als ich. Sie wußte, was mir noch lange Jahre verborgen blieb, schon damals; daß nämlich unser Vater so gut wie niemals Geld bei sich trug und daß er, wenn es doch einmal geschah, ziemlich hilflos und auch leichtsinnig damit umging, Silber statt Nickel und große statt kleine Münzen hingab. Sie zweifelte vermutlich nicht daran, daß er kein Geld bei sich habe. Ich dagegen neigte sehr zu der Erwartung, er werde nun, beim nächsten Ansteigen und Schluchzen der Töne in des Bettlers Klagelied, in die Tasche greifen und dem Mann eine ganze Menge von halben und ganzen Frankenstücken in die Hände drücken oder in die Mütze schütten, genug, um Brot, Limburger Käse, Schuhe und alles andre zu kaufen, dessen der Fremdling bedürftig war. Statt dessen aber hörte ich den Vater auf alle Anrufe mit derselben höflichen und beinah herzlichen Stimme antworten und hörte seine beruhigend und beschwichtigend gemeinten Worte sich schließlich zu einer kleinen, gut formulierten Rede verdichten. Der Sinn dieser Rede war, wie wir Geschwister uns später zu erinnern meinten, dieser: er sei nicht imstande, Geld zu geben, da er keines bei sich habe, auch sei mit Geld nicht immer geholfen, man könne es leider auf so verschiedene Arten verwenden, zum Beispiel statt zum Essen zum Trinken, und dazu wolle er in keiner Weise behilflich sein; dagegen sei es ihm nicht möglich, einen wirklich Hungernden von sich zu weisen, darum schlage er vor, der Mann möge ihn bis zum nächsten Kaufladen begleiten, dort werde er soviel Brot bekommen, daß er mindestens für diesen Tag nicht zu hungern brauche.

Während dieses Gesprächs standen wir die ganze Zeit am selben Fleck auf der breiten Straße, und ich konnte die beiden Männer mir gut ansehen, sie miteinander vergleichen und mir auf Grund ihres Aussehens, ihres Tonfalls und ihrer Worte meine Gedanken machen. Unangetastet natürlich blieb die Überlegenheit und Autorität des Vaters in diesem Wettstreit, er war ohne Zweifel nicht nur der Anständige, ordentlich Gekleidete, sich gut Benehmende, er war auch der, welcher sein Gegenüber ernster nahm, der besser und genauer auf den Partner einging und seine Worte unumwunden ehrlich meinte. Dafür hatte der andere aber diesen Beiklang von Wildheit und hatte hinter sich und seinen Worten etwas sehr Starkes und Wirkliches stehen, stärker und wirklicher als alle Vernunft und Artigkeit: sein Elend, seine Armut, seine Rolle als Bettler, sein Amt als Sprecher für alles verschuldete und unverschuldete Elend der Welt, und das gab ihm ein Gewicht, das half ihm Töne und Gebärden finden, die dem Vater nicht zur Verfügung standen. Und außerdem und über dies alles hinweg entstand während der so schönen und spannenden Bettelszene Zug um Zug zwischen dem Bettler und dem Angebettelten eine gewisse nicht zu benennende Ähnlichkeit, ja Brüderlichkeit. Sie beruhte zum Teil darauf, daß der Vater, von dem Armen angesprochen, ohne Sträuben und Stirnrunzeln den andern anhörte und gelten ließ, daß er keinen Abstand zwischen ihn und sich legte und sein Recht auf Angehörtwerden und Mitleid als ein selbstverständliches anerkannte. Aber dies war das wenigste. War dieser halbbärtige dunkelhaarige Arme aus der Welt der zufriedenen, arbeitenden und jeden Tag satt werdenden Leute herausgefallen, machte er inmitten dieser reinlichen kleinbürgerlichen Wohnhäuser und Vorgärtchen den Eindruck eines Fremdlings, so war ja Vater längst schon, wenn auch auf so ganz andere Weise, ein Fremdling, ein Mann von anderswoher, der mit Leuten, unter denen er lebte, nur in einer losen, auf Übereinkommen beruhenden, nicht gewachsenen und erdhaften Gemeinschaft stand. Und wie der Bettler hinter seinem eher trotzigen und desperadohaften Aussehen doch etwas Kindliches, Naturhaftes und Unschuldiges zu haben schien, so war ja auch bei Vater hinter der Fassade des Frommen, des Höflichen, des Vernünftigen viel Kindhaftes verborgen. Jedenfalls – denn alle diese klugen Gedanken hatte ich damals natürlich nicht – empfand ich, je länger die beiden miteinander und vielleicht aneinander vorbeiredeten, desto mehr eine wunderliche Art von Zusammengehörigkeit zwischen ihnen. Und Geld hatten sie also beide keines.

Vater stützte sich auf den Rand des Kinderwagens, während er dem Fremden Rede stand. Er machte ihm klar, daß er gesonnen sei, ihm einen Laib Brot zu geben, doch müsse dies Brot in einem Laden geholt werden, wo man ihn kenne, und der Mann sei nun eingeladen, dahin mitzukommen. Damit setzte der Vater den Wagen wieder in Bewegung, drehte um und schlug die Richtung nach der Austraße ein, und der Fremde marschierte ohne Widerrede mit, war aber wieder etwas scheu geworden und fühlte sich sichtlich nicht recht zufrieden, das Ausbleiben der Geldspende hatte ihn enttäuscht. Wir Kinder hielten uns dicht neben dem Vater und dem Wagen, dem Fremden nicht zu nahe, der sein Pathos aufgegeben hatte und jetzt still und eher mürrisch geworden war. Ich betrachtete ihn aber im geheimen und machte mir Gedanken, es war mit diesem Menschen so viel in unsre Nähe getreten, so viel Bedenkliches, im Sinn des zu Bedenkenden sowohl wie in dem des Bangemachenden, und jetzt, wo der Bettler schweigsam und anscheinend schlechter Laune geworden war, gefiel er mir wieder weniger und glitt wieder mehr und mehr aus jener Zusammengehörigkeit mit dem Vater heraus und ins Unvertraute hinüber. Es war ein Stück Leben, dem ich zusah, Leben der Großen, der Erwachsenen, und da dies Leben der Erwachsenen um uns Kinder her äußerst selten so primitive und elementare Formen annahm, war ich tief davon gefesselt, aber die Fröhlichkeit und Zuversicht von vorher war hingeschwunden, wie an einem heitern Tag plötzlich ein Schleier Licht und Wärme dämpfen und hinwegzaubern kann.

Unser guter Vater freilich schien keine solchen Gedanken zu haben, heiter und freundlich blieb sein klares Gesicht, heiter und gleichmäßig sein Schritt. So zogen wir, Vater, Kinder, Wagen und Bettler, eine kleine Karawane, nach der Austraße weiter und in ihr fort bis zu einem Kaufladen, den wir alle kannten und wo es die verschiedensten Dinge zu kaufen gab, vom Wecken und Brot bis zu Schiefertafeln, Schulheften und Spielzeug. Hier hielten wir an, und Vater bat den Fremden, hier eine kleine Weile bei uns Kindern zu warten, bis er aus dem Laden zurückkäme. Adele und ich sahen einander an, es war uns beiden gar nicht wohl zumute, wir hatten etwas Angst, und ich glaube, wir fanden es auch vom Vater sonderbar und nicht recht begreiflich, daß er uns da mit dem fremden Manne so allein ließ, als könne uns unmöglich etwas geschehen, als seien noch niemals Kinder von bösen Männern umgebracht oder entführt und verkauft oder zum Betteln und Stehlen gezwungen worden. Und beide hielten wir uns, zum eigenen Schutze wie auch zu dem unsres Kleinsten, dicht zu beiden Seiten an den

Wagen geklammert, den wir unter keinen Umständen loszulassen gedachten. Schon war der Vater die paar Steinstufen zur Ladentür hinangestiegen, schon legte er die Hand auf die Klinke, schon war er verschwunden. Wir waren mit dem Bettler allein, in der ganzen langen und geraden Straße war kein Mensch zu sehen. Ich redete mir, in der Form eines Gelübdes, innerlich zu, tapfer und männlich zu sein.

So standen wir alle, eine Minute lang vielleicht, und wohl ums Herz war keinem von uns außer dem Brüderchen, das den Fremden überhaupt nicht wahrgenommen hatte und vergnügt mit seinen winzigen Fingerchen spielte. Ich wagte es aufzublicken, nach dem Unheimlichen hin, und sah auf seinem roten Gesicht die Unruhe und Unzufriedenheit noch gesteigert, er gefiel mir nicht, er machte mir richtig Angst, deutlich sah man widersprechende Triebe in ihm kämpfen und nach Taten drängen.

Aber da war er auch schon mit seinen Gedanken und Gefühlen zu einem Ende gekommen, ein Entschluß durchzuckte ihn, und man konnte das Aufzucken mit Augen sehen. Aber wozu er sich entschlossen hatte und was er jetzt tat, war von allem, woran ich etwa gedacht oder was ich gehofft oder gefürchtet hatte, das Gegenteil, es war das Unerwartetste von allem, was geschehen konnte, es überrumpelte uns beide, Adele und mich, vollkommen, daß wir starr und sprachlos standen. Der Bettler, nachdem der Zuck in ihn gefahren war, hob einen seiner Füße mit den mitleiderregenden Schuhen, zog das Knie an, erhob beide zu Fäusten geballte Hände bis in Schulterhöhe und lief in einem Schnellauf, den man seiner Figur kaum zugetraut hätte, die lange gerade Straße hinunter, er hatte die Flucht ergriffen und rannte, rannte wie ein Verfolgter, bis er die nächste Querstraße erreicht hatte und für immer unsern Augen entschwand.

Was ich bei diesem Anblick empfand, läßt sich nicht beschreiben, es war ebensosehr Schrecken wie Aufatmen, ebenso Verblüffung wie Dankbarkeit, aber zur selben Sekunde auch Enttäuschung, ja Bedauern. Und nun kehrte heiteren Gesichtes, mit einem langen Laib Weißbrot in der Hand, Vater aus dem Laden zurück, staunte einen Augenblick, ließ sich berichten, was geschehen war, und lachte. Es war am Ende das Beste, was er tun konnte. Mir aber war, als sei meine Seele mit dem Bettler fortgerannt, ins Unbekannte, in die Abgründe der Welt, und es dauerte lange, bis ich zum Nachdenken darüber kam, warum wohl der Mann vor dem Brotlaib davongelaufen war, so wie einst ich vor dem mir dargereichten Bissen des Bahnwärters durchgebrannt war. Tage- und wochenlang behielt das Erlebnis seine Frische und Unausschöpfbarkeit und hat sie, so einleuchtende Begründungen wir später auch dafür ausdenken mochten, bis heute behalten. Die Welt der Abgründe und Geheimnisse, in die der flüchtende Bettler uns entschwunden war, wartete auch auf uns. Sie hat jenes hübsche und harmlose Leben des Vordergrundes überwuchert und ausgelöscht, sie hat unsern Hans verschlungen, und auch wir Geschwister, die wir bis heute und bis ins Alter standzuhalten versucht haben, wissen uns und den Funken in unsern Seelen von ihr umdrängt und umdunkelt.

(1948)

Zeittafel und Werkverzeichnis

1877 geboren am 2. Juli in Calw/Württemberg
1892 Flucht aus dem evgl.-theol. Seminar in Maulbronn
1899 »Romantische Lieder«, »Hermann Lauscher«
1904 »Peter Camenzind«, Ehe mit Maria Bernoulli
1906 »Unterm Rad«, Mitherausgeber der antiwilhelminischen Zeitschrift »März« (München)
1907 »Diesseits«, Erzählungen
1908 »Nachbarn«, Erzählungen
1910 »Gertrud«
1911 Indienreise
1912 »Umwege«, Erzählungen. Hesse verläßt Deutschland und übersiedelt nach Bern
1913 »Aus Indien«, Aufzeichnungen von einer indischen Reise
1914 »Roßhalde«. Bis 1919 im Dienst der »Deutschen Kriegsgefangenenfürsorge, Bern« Herausgeber der »Deutschen Interniertenzeitung«, der »Bücher für deutsche Kriegsgefangene« und des »Sonntagsboten für deutsche Kriegsgefangene«
1915 »Knulp«
1919 »Demian«, »Märchen«, »Zarathustras Wiederkehr«, Gründung und Herausgabe der Zeitschrift »Vivos voco«, ›Für neues Deutschtum‹
1920 »Klingsors letzter Sommer«, »Wanderung«
1922 »Siddhartha«
1924 Hesse wird Schweizer Staatsbürger, Ehe mit Ruth Wenger
1925 »Kurgast«

1926 »Bilderbuch«
1927 »Die Nürnberger Reise«, »Der Steppenwolf«
1928 »Betrachtungen«
1929 »Eine Bibliothek der Weltliteratur«
1930 »Narziß und Goldmund«, Austritt aus der »Preußischen Akademie der Künste«, Sektion Sprache und Dichtung
1931 Ehe mit Ninon Dolbin geb. Ausländer
1932 »Die Morgenlandfahrt«
1937 »Gedenkblätter«
1942 »Gedichte«
1943 »Das Glasperlenspiel«
1945 »Traumfährte«, Erzählungen und Märchen
1946 Nobelpreis
1951 »Späte Prosa«, »Briefe«
1952 »Gesammelte Dichtungen«, 6 Bde.
1957 »Gesammelte Schriften«, 7 Bde.
1962 9. August: Tod Hermann Hesses in Montagnola

1966 »Prosa aus dem Nachlaß«, »Kindheit und Jugend vor Neunzehnhundert. Hermann Hesse in Briefen und Lebenszeugnissen 1877-94«
1968 »Hermann Hesse – Thomas Mann«, Briefwechsel
1969 »Hermann Hesse – Peter Suhrkamp«, Briefwechsel
1970 »Politische Betrachtungen«; Hermann Hesse – Werkausgabe in 12 Bänden, dort: »Eine Literaturgeschichte in Rezensionen und Aufsätzen«
1971 »Hermann Hesse – Sprechplatte«,
»Mein Glaube«, eine Dokumentation,
»Lektüre für Minuten«
1972 Materialien zu Hermann Hesses »Der Steppenwolf«

1973 »Gesammelte Briefe, Band 1, 1895-1921«,
»Die Kunst des Müßiggangs«,
Materialien zu Hermann Hesses »Das Glasperlenspiel«, Bd. 1

1974 Materialien zu Hermann Hesses »Das Glasperlenspiel«, Bd. 2

1975 »Lektüre für Minuten. Neue Folge«,
»Piktors Verwandlungen«,
Materialien zu Hermann Hesses »Siddhartha«, Bd. 1

1976 Materialien zu Hermann Hesses »Siddhartha«, Bd. 2

1977 »Kleine Freuden, Verstreute und kurze Prosa aus dem Nachlaß«
Sämtliche Erzählungen in 4 Bänden
Bd. 1 »Aus Kinderzeiten« 1900-1905
Bd. 2 »Die Verlobung«, 1906-1908
Bd. 3 »Der Europäer«, 1909-1918
Bd. 4 »Innen und Außen«, 1919-1955
»Von Wesen und Herkunft des Glasperlenspiels«,
»Die Welt der Bücher«, Betrachtungen und Aufsätze zur Literatur,
»Politik des Gewissens«. Die politischen Schriften 1914-1962

1978 »Kindheit und Jugend vor Neunzehnhundert. Hermann Hesse in Briefen und Lebenszeugnissen 1895-1900«

1979 Hermann Hesse. Sein Leben in Bildern und Texten. Von Volker Michels,
»Gesammelte Briefe, Bd. 2, 1922-1935«

1982 »Gesammelte Briefe, Bd. 3, 1936-1949«

1983 »Italien«. Schilderungen, Tagebücher und Gedichte

1986 »Gesammelte Briefe, Bd. 4, 1949-1962«

1987 »Hermann Hesse in Augenzeugenberichten«. Herausgegeben von Volker Michels

1988 »Die Welt im Buch«. Rezensionen und Aufsätze 1900-1910.

1990 »Tessin«. Betrachtungen, Gedichte und Aquarelle,
»Beschreibung einer Landschaft«. Schweizer Miniaturen

1993 Materialien zu Hermann Hesses »Demian«. Erster Band. Entstehungsgeschichte in Selbstzeugnissen

1996 »Traumgeschenk«. Betrachtungen und Tagebücher

1997 Materialien zu Hermann Hesses »Demian«. Zweiter Band. Wirkungsgeschichte

1998 »Die Welt im Buch«. Rezensionen und Aufsätze 1911-1916

Das schöne insel taschenbuch in großer Schrift

Fröhlicher Advent
it 2356

Die schönsten
Gutenachtgeschichten
it 2379

Hermann Hesse
Mit der Reife wird man
immer jünger
it 2311

it 2343

Hermann Hesse
Die Märchen
it 2349

Hermann Hesse
Wanderung
it 2354

it 2339

Das schöne insel taschenbuch in großer Schrift

it 2342

Milan Kundera
Das Leben ist anderswo
it 2347

Katherine Mansfield
Eine indiskrete Reise
it 2364

Eduard Mörike
Mozart auf der Reise
nach Prag
it 2320

Adolf Muschg
Ein ungetreuer Prokurist
it 2326

Ernst Penzoldt
Der dankbare Patient
it 2310

it 2360

Das schöne insel taschenbuch in großer Schrift

Hermann Hesse
Jedem Anfang wohnt ein Zauber inne
it 2357

Hermann Hesse
Wolken
it 2367

Hermann Hesse
Eigensinn macht Spaß
it 2373

Ricarda Huch
Der letzte Sommer
it 2315

Monica Huchel
Meine Katzen
it 2368

Tages- und Jahresfreuden
it 2353

it 2378

it 2334